麝过春山草自香

张晓风 著

广西师范大学出版社
·桂林·

麝过春山草自香
SHE GUO CHUNSHAN CAO ZI XIANG

出版统筹：罗财勇	责任校对：朱筱婷
策划编辑：唐俊轩	责任技编：余吐艳
责任编辑：梁文春	营销编辑：薛 梅 花　昀　方俪颖
余慧敏	装帧设计：郑元柏

本书由台北九歌出版社有限公司授权出版
经明洲凯琳国际文化传媒（北京）有限公司代理
著作权合同登记号桂图登字：20-2023-012 号

图书在版编目（CIP）数据

麝过春山草自香 / 张晓风著. -- 桂林：广西师范大学出版社，2023.4（2023.7 重印）
ISBN 978-7-5598-5915-0

Ⅰ. ①麝… Ⅱ. ①张… Ⅲ. ①散文集－中国－当代 Ⅳ. ①I267

中国国家版本馆 CIP 数据核字（2023）第 052262 号

广西师范大学出版社出版发行
（广西桂林市五里店路 9 号　邮政编码：541004
　网址：http://www.bbtpress.com）
出版人：黄轩庄
全国新华书店经销
广西广大印务有限责任公司印刷
（桂林市临桂区秧塘工业园西城大道北侧广西师范大学出版社集团有限公司创意产业园内　邮政编码：541199）
开本：787 mm×1 092 mm　1/32
印张：10.125　　　　字数：160 千
2023 年 4 月第 1 版　　2023 年 7 月第 2 次印刷
印数：10 001~13 000 册　　定价：59.00 元
如发现印装质量问题，影响阅读，请与出版社发行部门联系调换。

隔了一個世紀，眼眸依
舊清澈，已能通人言
獸語，天地萬物都在
你的筆下，你的心中。
生日快樂！曉風。

1983年畫的，2001年送你。慕蓉 3.29.2001

J. HSI 1983

代 序

麝过春山草自香

他去拜访朋友，朋友住在深山里。他到的时候才发现，原来访客不止他——跟他一起殷勤来访的，还有春天。

于是，跟春天一起，他们推开柴扉，朋友站在院中一棵梨花树下等着他们。

那棵树本来已经开了几朵小白花，但等春天刚一进门，那树仿佛忽然醒了似的。他当下恍惚听到似有若无的轰然一声，接着整棵树就爆出白纷纷的晶莹剔透的花瓣，来不及地，一朵挤在另一朵的身旁，一层叠着一层地，绽开起来，样子纯洁认真到有点傻气，像一营服从命令的小兵。

来客的名字叫许浑,其实,"浑"字是个好字眼,不过为了不打扰阅读,此事留待文后再来说它吧!此人是晚唐人(七八八—八六〇),但对我来说,他是我的房客,住在我家的书柜里,他的户籍地址是"《全唐诗》五百二十八卷六〇三六—六一四三页(中华书局版)",他的隔壁房客一边是"杜牧",另一边是"李商隐"。

"时间还早,"山居主人崔处士[1]说,"我们先出去走走,回来吃午餐刚好。"

"呀,太好了!"许浑放下褡裢,"我刚才一路就想着,这次要怎么多看它几眼山景,官场久了,眼睛都会翳雾掉!"

"不过,我带你去,不是为了让你去'看'什么……"

"那,是去'听'什么吗?"许浑自作聪明地问道。

"也不是,别乱猜,跟我走,到时候你就知道了。"

于是喝下一瓯茶,他们便朝门外走去。

---

1. 处士是古代对有才学却隐居不仕之人的尊称。

那一年春天其实并不特别,山中潮湿而微润,山里有树、有花、有草、有鸟。小鸟本不稀罕,但看到春天,它们就一个个都争着唱了起来,而且有时还是对唱、合唱。当然还有大小石头,石头也不稀罕,但此刻的石头都包着柔柔腻腻的青苔,像绒毡,并且发出幽微的绿色莹光……

至于那条由崔处士领头带着走的山径,沿途什么也没有,因为是辟出来留给人走路用的。主人甚至刻意修剪了几根树枝,免得挡路——但在这郁郁山林中的曲折小径里,如果你低头仔细往地上看,你会发现,其实在柔软的黄泥地上倒有些奇特的图案——兽留下蹄痕,鸟留下爪印,蛇留下蹭迹,猴子留下果皮,小飞虫留下尸体……

"等下一个路口,向右上方爬点坡,"崔处士说,"那条路不容易发现,因为没人走,两边长满了草,只有住在这座山里的人才知道这条路。"

"如果没人走,干吗开出这条路来?"

"是我开的,"崔处士说,"我喜欢有这条路。"

看到许浑不解,崔处士只好又解释一下:"我种了些橘子,要去橘子园,开条岔路比较近,路,其实愈小愈好，走的人也愈少愈好。"

"怎么这么说呢？大路不是比仄径好吗？"

"因为人多了，就挤掉了万物。你在通衢大道上看过蝴蝶飞吗？你在长安闹街上见过小鹿散步吗？这个世界，人太霸道了，把什么地盘都占尽了。但这里是山，也该为那些兽类、鸟类、虫类、鱼类留点老根底作活路吧！我开辟了橘子园，其实也有点对不起住在山里的这些朋友，所以我不施肥，不除虫也不剪枝，橘子结得又小又酸，我都任它们去吃。我有空会常来果园看看，就是看看，看它们居然也喜欢橘子，我很高兴，但橘子不甜，我只拿它做橘酱、做酒，等会午餐你就可以吃到了……"

"哦——这——这——"两人正边走边说，许浑忽然神色一变，并且整个人都痴愣住了。

"天哪！"憋了半天，他终于叫喊出来，"这是什么气味呀？是花吗？不对，不是花……没有什么花会香到这么浓！"

崔处士含笑不语，只深深地吸了一大口气。

良久。

"你见多识广，我猜，你已经知道这是什么气味了。"

"我现在想起你刚才的话来了，我此刻懂了，你说要带我出来走走，我以为你要让我在春山中大开'眼界'，或者'耳界'——但原来不是，你要我的皮肤感知到温暖而又凉飒微润的风的触摸，而且，让我的鼻腔也感受那不知怎么形容的香气……"

"其实，说得出或说不出'是什么香'并不重要，重要的是，你，闻到了，你真真实实闻到了！而且，你已深深体悟并且深深喜悦了！于是你浑浑然变成这香氛的一部分，香在你里，你在香里。"

"好，我告诉你，我其实已经知道这是什么香了，只是，因为跟我从前闻的气味大不相同，所以把我搞糊涂了，但我知道——它是麝香。"

"你说对了，大唐朝的长安城或任何大城里都不缺麝香。你做官，见过大场面，麝香，当然闻过。但在大城里这东西只在三个地方出现，一个是皇帝和后宫的寝处，一个是声色场所，还有一个，是讲究的、善于摆派头的大家闺秀的深闺里。那种麝香，都是人工再制作过的。用的时候要加热熏蒸，那气味如果让母麝闻了，它一定掉头而去，并且说：'搞什么鬼把戏呀，一股子怪味！'"

"我总算闻到真的麝香了!但,奇怪的是并没见到麝呢!"

"它如果在,你也看不到,它才不愿意让人看到它呢!它只要让母麝知道它在哪里就好了!"

"那么,你知不知道,那只麝,现在,是不是就在附近——不然,怎么这么香?每根草都香,每吸一口气都香!"

"哈,哈,这些年你不是迷禅宗吗?香很神秘,跟宗教一样,你看不见它,却又知道它就在那里。你抓不到它,却知道那是真真实实的,比你手里拿着的那根竹杖还要真实。反正,说不清——而且,你待会回去,你自己也满身麝香呢!至于麝在哪里,你也就别管了。"

许浑一时浑噩起来,嘴里颠颠倒倒不知念叨些什么,然后,他不知不觉吟出一句:"麝过春山啊——草自香。"

是的,大地有山,人很少阳光很多树很多的山,山里有公麝和母麝,它们都是弱小的贱物,不像孔雀那么漂亮,不像老虎那么狠,甚至连一对可以打斗或抵抗的鹿角都没有。但公麝会放香,母麝会欣然答允那香味的呼唤。然后,小麝会出生,麝的生命会绵延(只要人类的贪婪没让它们灭种）。新的春天来时，山林的荒烟蔓草中，仍然会腾越出被麝脐[1]熏染过的令人万般不舍的香气。

"哎呀！好诗句！"崔处士忍不住击了一下掌，"我看，这野草身上有幸沾染到的香气到冬天自会散淡消失。但，有你这句诗，一千年后的人还能恍惚闻到今天这春阳之中草茎之上的馥馥香气，并且为之如痴如醉，你信不信？"

许浑笑而不答，他并没有把握这句诗可以流传多久，当然，也不是全然没把握……但流传不流传关我何事？许浑想，我只要记住今日，今日的这一刻，我只要轻轻闻嗅，深深存贮并在心灵底层留下这在阳光催促下的草茎上偶然凝聚的奇异芬芳。

一千年过去了，一千两百年过去了，我坐在书桌前，深夜，隔着时空，遥遥感知那座我不知其名的春山。曾经，有个春天、有座春山、有条小径、有一带百转千回的芳草画下不可思议的轨迹，曾经有对公

---

1. 古人一般说"麝脐"，其实麝的"香位置"在肚脐与阴囊之间的特别腺体上。

麝母麝留下它们的爱情印记，那令人肃然凛然的生之悸动，那唤醒某些生命内心深处的神界芳香。

我，也是小草一茎吧？当巨大的美好经过，我甚愿亦因而熏染到一缕馨香。

文后：

一、诗人许浑名字中的"浑"字是个后起字，也就是说更远古的甲骨文、钟鼎文中都没有它。这两种文字一般是官方在使用（广义的官方包括宗教祭祀），所以多半是名词或动词性质的字，常负责记载具体事件（例如战争或狩猎）。但"浑"是形容词（或副词），因此，古文字中便不容易有它的一席之地了。

它早期在"释字类的书"里出现，是在东汉许慎的《说文解字》中（那时，已有九千三百五十三个汉字——其中有重复的），"浑"字原始的解释是"巨川大河之水流声"。

我之所以啰啰唆唆来说此字，是因此字原义少人知。麻烦的是，一般人看到此字只想到"骂人的訾语"，如"浑蛋"或"你这浑人"。唉，其实它是一个很好的字呢！而如果你认定它就是"骂人字"，这就形成了"障"，有了这个"障"，你就看不到"浑"字之美了。

所以，我想要先"除障"。

二、其实，"浑"字所描述的是大自然的现象，自然现象无法定其美丑善恶。但在古老的字组词汇中它是个好字，因为它的原义是指大水，特别是合流而为一的水，因冲击而撞出的轰然巨响的那股声势。

下面且举几个跟"浑"有关的句子：

1. 财货浑浑如泉涌。（《荀子·富国》）
2. 涛如浑金璞玉，人皆钦其宝，莫知名其器。（《晋书·山涛传》）
3. 上窥姚姒，浑浑无涯。（韩愈《进学解》）
4. 其[1]体浑涵光芒，雄视百代。（《宋史·苏轼传》）

三、许浑的生年和卒年研究者分几派意见，但所差不多，姑从七八八—八六〇年之说。他的籍贯也有不同说法，例如江苏丹阳、河南洛阳、湖北安陆，我个人比

---

1. 指苏洵、苏轼、苏辙三苏之文章。

较赞成"洛阳说"。其理由说来很可笑，因为洛阳在地理上比较偏西北，相对于中国东南方，是个"干燥地区"。而许浑的诗作中非常爱写"潮湿感觉"。这一点，读者当然很快会发现，许浑于是居然得到一个奇怪的封号"许浑千首湿（诗）"，我想是和洛阳的干爽（或干燥）相较，"潮湿"是一种值得一写再写的新鲜经验。

四、最后也提一下，许浑六代以前的先祖许圉师是武则天执政时的宰相。所以许浑算是个有根底、有家世的文人，虽然科举方面一直不太如意。

五、为了作者，我又啰唆多写了九百多字，原因可以话分两头，其一是人老了，常想"把话说得更明白一点"。当然，我的企图也许会失败，会遭人讥笑："干吗写得如此'落落长'，烦不烦人呀！"其二是我对年轻一辈的耐心不太敢信任。他们中间肯主动去查书去追踪资料的人不多。我不如干脆做个"售后服务"，把包括原作者在内的故事细节多交代一下。

（二〇二二·五）

目 录

辑一　在D车厢

3　　在D车厢

17　一篇四十年前的文章

22　教　室

27　故事两则

32　"你得给我盛饺子！"

37　"我们何不来谈谈各人的心愿？"

42　日本故事中的风沙与皮箱

48　独此一人

54 华人和民主之间，有点麻烦

59 "他人生病"和"自己生病"——兼怀饶宗颐先贤

64 忽然，他听到琅琅的朗读声

69 金庸武侠，我的课子之书——悼金庸

74 舞、舞零和舞之子——赠给舞者杨桂娟教授

80 "给我一个西红柿！"

86 唉，我的小妹子

——写给赤县神州黄土地上荷锄兼荷笔的女诗人，知名的，以及不知名的

辑二　**请看我七眼，小蜥蜴**

95 回　想——我爱上一个家伙

102 谈到写作，最重要的是——

107 我爱听粤语

112 趋

117　一部美如古蕃锦的《花间集》

　　——谈千年前，蜀中的"远域文学"

124　垂直中国和嗯

129　请看我七眼，小蜥蜴

134　"《选》学"和"被选学"

139　"櫶"这个字

147　"哎呀！原来甲骨文是这么美的！"

辑三　半粒米和山溪小蟹

155　同一个地球上的"球民"

159　如果我做了地球球长

164　几乎没有指纹的手指

169　爱恨"假公园"

173　前方有一棵树，她说

177	收藏在我案头的美丽废物
182	茶叶可喝，那，茶枝呢？
186	亲爱的，请你听我说两个故事
191	半粒米和山溪小蟹
196	受邀的名单中，也有他
201	有事——没事
207	浪子大餐

辑四 "人为万物之灵"，真的吗？

215	"人为万物之灵"，真的吗？
219	说到"丽"这个字的模特儿
225	唯一不值得珍惜的，是，它的命
230	山羌的小确幸
234	麝·麝香猫·椰子狸·咖啡

240　羊和美

247　另类诗人——珠光凤蝶

253　"勿——勿——勿溜"啊!

257　那条通体莹碧、清凉柔润的缅甸翠玉

262　×熊?熊×?

267　长舌公·长舌妇

272　除了为小水獭垂泪之外

282　你看过石虎吗?

286　写给云新

291　台湾奇迹

297　后记　舍不得不手写汉字的人

辑一

在口车厢

在D车厢

（一）我爱火车

二〇〇五年，全家去了一趟英国，为了省钱，也为了喜欢，我们选择火车作为交通工具。

火车，是英国人的发明，此事好像应该要大大佩服一番——不过，不知怎么的，我好像也不觉得这事十分了不起。

比较了不起的，我认为应是火车之前的蒸汽机的发明，更令人惊心动魄的智慧则是火车后续的复杂万分的管理学，以及整个铁路网的规划建设和经营。当然，公路和地铁和高铁和海底隧道或飞机场或航线也都各有其大创意大功力。

我爱火车,虽然并没有爱到像某些人那种成痴成狂的程度,但"火车"好像常跟重大记忆相绑,不像搭公共汽车,坐完了就忘了。生命里的"要事",如战乱时的逃难,或从屏东北上就学,搭的都是火车,我难免对火车有一份特殊情感。

英国火车干净准时,座位敞亮,不豪奢,却舒服。乘客看来也都彬彬有礼,连车站也很好——而我所谓的好,就是指车站里面该有的就有,不该有的就没有(后者尤其重要)——虽然,那一年发生了可怕的国王车站的屠杀案,我还是深爱英国火车。

(二) 我爱英国火车的D车厢

但我真正爱英国火车其实另有一个奇特的缘由,原来,在它一节一节一节一节的绵长承载里,制度上竟然会划出一节"D车厢"。这节D车厢乍望之也并不特别,不料它却有一条比法律还有效的规定,这条规定便是:

"凡选择坐在此车厢的乘客,一律不许发出声音。"

D车厢有多伟大?"不准人讲话"又有多了不起?

自己一个人跑到深山里不也立刻便拥有宁静吗？可是，很难，"空山不见人，但闻人语响"，或者"古木无人径，深山何处钟"，原来占领一个空间，不见得能霸住那空间里的"声音权"或"不闻声权"。所以，连神明出巡，都得打着"肃静"的牌子，劝人别说话别吵闹。其实就连我们自己，也不太让自己耳根闲着，所以即使"独坐幽篁里"，居然仍不免"弹琴复长啸"，也不知是不是为了壮胆。

所以，除了别人，我们自己也常是破坏安静的高手——因此，规章、制度或者默契便有其必要了。生命中极需要用规条来维护某一小区的安谧与清寂，如D车厢。

呀！不准跟同行的人聊天，不准听音乐，不准打电话，这简直像天主教的"避静"，又像佛教在"打禅七"。不过，却不禁止你跟白云打手语，向田野上的一捆一捆的干草垛举手致敬，或者跟淙淙流过的小沟小溪暗通款曲，甚至一厢情愿地跟横空而过的鸟群眉目传情，或者低头写一首诗——翻动纸张所造成的窸窣不在噪音禁止之列。

在熙熙攘攘的人群中，坐着，不理陌生人，甚至也可以不理会自家人，D车厢是多么神奇的好地方啊！想想，为了家人，一个女人一生要说多少啰啰唆唆的废话啊，但此刻，你不必回答任何话，因为任何人不得提问。

家人对话，原也是好事，但在"父慈子孝兄友弟恭"之余，不免牺牲了独立深思的空间。爱因斯坦如果不断被问"水电费缴了没有？"或"我的袜子怎么少了一只？"或"下礼拜王家嫁女儿我们要送多少钱？"，世上就没有"相对论"了。而此刻，在D车厢上，生活的小锉刀不会来锉你，你可以放心让思考迤逦独行，并且安心整理自己。

（三）因空白而生的机缘

我选择在皮包中带几张小纸片，可以随手记录一些心情。另外，则是我的老招——看书。我挑的是张秀亚译的维吉尼亚·吴尔芙[1]的《自己的房间》，此书以前已看过两遍，此刻带它，如偕老友结伴上路。百年前的英

---

1. 又译为弗吉尼亚·伍尔夫。——编者注

国女作家的经典作品,能在英国的风景线上来三番阅读,真是别具滋味啊!我又刻意去了国王学院,想走走当年那片不让女人踏行的草地,并且遥想在六十四年前的初春三月底,她留下遗书,在衣袋中装满沉甸甸的石头,毅然一步步走入碧涧急流,执意只求灭顶。她步履坚稳,一如平日在作黄昏时的散步……

此刻,在D车厢里,在家人面对面坐着却不准互相对话的绝对宁静里,我何等珍惜这段硬挖出来的"空白机缘"。我可以坐在字里行间和吴尔芙倾谈,理直气壮,而不受任何干扰,我们谈起女子在这个世界上的生存空间的困厄,谈男子几乎永世不得探知的女性的哀怨和窃喜……

她那有名的"如果莎士比亚有个妹妹"的假设,令人心酸复心恻,也令人想起在英国既有个"莎小妹",我们也有个"苏小妹",这两位"小妹"有得拼。啊,这里分明有一篇论述可以写……咦,灵感不就是在这样的定静中产生的吗?

我于维吉尼亚·吴尔芙除了佩服她的作品之外,别有一种幽微的悲悯和认同,原来她投水自沉之日是一九四一年三月二十八日[1],而同年同月二十九日清晨,却是我在中国南方金华城呱呱坠地之时。

(四)想起吴尔芙,不免想起弗洛伊德

想起吴尔芙,这位出生于十九世纪的"女性主义的祖师爷"(哦,不,是"祖师奶奶"),不免想起弗洛伊德。

那个奇怪的弗洛伊德,他以为女人的诸多焦虑或神经质或终日惶惶若有不足,都是因为身体上少了一具"那话儿"。唉,真是怪事啊,他那不合逻辑的脑袋难道就不能想想男人是不是因为少了子宫或阴道或乳房,才每每那么狂悖暴烈呢?

---

1. 根据《大不列颠百科全书》的资料,吴尔芙辞世于一九四一年三月二十八日。但其实这只是她离家出走、前赴近处的欧塞河投水求死的那一天,时间是黄昏。严格地说,三月二十八日是她"失踪"的日子。她遗体被寻获时已是四月了(据《纽约时报》的报道是四月十八日),她究竟在哪一天弃世的,则是个谜。但以她长期被忧郁症所困,厌世已久,加上二战期间无情的空袭轰炸又炸毁了她的房子,为了躲炸弹,她搬了两次家,难免心情悒郁。且其人性格一向决绝孤行(她那诀别世界之前把外套口袋装满石头的行为,仿佛生怕自己被河水拒收似的,简直有点像怀石投江的屈原)。那么,想来,她很可能离家不久便速速逐波臣而去了。

（五）十四世纪英国故事里的大姐头

在 D 车厢读吴尔芙，不免勾想起另一本英国早期文学作品，书名叫《坎特伯雷故事集》，书是一三九九年的产品，算是英国人的滥觞期的文学。而这个时候在中国早已是"唐诗也诗过了"，"宋词也词过了"，"元代的散曲和剧曲也闹闹腾腾地曲过了"，此刻已轮到明朝的天下了，但用英文写的文学才刚刚起步。

大概因为文学刚开始，写法颇有草莽气息，故事从一个旅行团出发开始讲起。古代原没有什么观光旅游团可以去四处游玩，如果以中国为例，上焉者则是皇帝去泰山封禅，下焉者是官员调迁或遭贬。此外，可以去天下四方乱走的则是士兵戍边或僧侣化缘，以及"重利轻别离"的商人在走东闯西、买货卖货。偏偏在这堆古人中有一支队伍是"进香"或"朝圣"的，此事因有它的"神圣性"，别人不敢拦。《坎特伯雷故事集》便是写些朝圣者在"慢慢长途"的旅行中（当时也非慢不可），各人编些故事自娱娱人。这一开讲，便没完没了，简直要说到地老天荒。后来作者死了，故事戛然而止。他本来计划让三十个朝圣者每人讲四个故事，一共凑成一百二十个故事。可是，天哪，他才写了二十四个故事，就从自己的"人生朝圣之旅途"上消失了，书才完成五分之一呢！唉，我其实多么好奇作者乔叟另外九十六个纷纷纭纭的故事到底说了些什么呢。

故事中大部分的朝圣者当然是男性，却有修女和修道院的女院长——修女去朝圣，这事算顺理成章，却冒出一个来自巴斯地的大姐头，在书中她就叫巴斯妇人。

（六）让乔叟那个高手来跟我说故事

因为D车厢的凝定阒静，我遂想着这妇人，和她的故事，当时，七百年前，春天乍到，她将故事幽幽道来……

乔叟是个说故事的高手，他最有趣的地方在于他先写活了朝圣团中的各色成员，然后才请他们各自开口说故事。像巴斯妇人，她"自报家门"的段落，长到比故事还长两倍呢！甚至也比她讲的故事更精彩劲爆。

在中国，好像不容有巴斯妇人那种女人，她肉感、美丽、敢作敢为，而且做完还敢直说。中国这种女人如果有，也只能寄身江湖世界做个大姐头，时不时大声宣布自己：

"哼！老娘胳臂上好跑马！"

巴斯妇人五嫁，并且还很以此自豪，因为前三位丈夫都由她荣任"高酬收尸队"。她投资短短几年光阴，竟连赌连赢，赚到三份丰厚的遗产，她真是克夫高手啊！而且，她似乎还家学渊博，她的老妈也满腹经纶，知道如何操纵男人。

有了钱，她不再委屈自己去再嫁"老夫"了，她开始嫁"少夫"，少夫当然也有少夫的麻烦，第四个丈夫虽不老，也在她某次朝圣远游时在家"自行殒灭"了。不过截至说故事的那个春天，她在大打出手几个回合之后，虽然被打到耳聋，却终于让她在第五任期中占了上风，搞定了比她小二十岁的丈夫，简直是莎剧《驯悍记》的反面版本。

巴斯妇人如果生在今天，大概是个"妇运分子"。她也可能走商业路线，到处演讲，传授"理财"和"御夫"两种高科技而名利双收。

巴斯妇人虽粗俗彪悍，但口条清畅有理，论事引经据典，俨然大家风范，想来那五个丈夫也不是白嫁的——除了捞了些银子，也让她见多识广，成了个"上得了台面的人物"。

（七）世上的女人，她们一致最想要的是什么？

意大利的《十日谈》虽也是集众人之口来说故事，但那些说故事的人都是些小姐少爷。他们为了逃避瘟疫，躲在乡下别墅度假，日子比较闲适，谈吐比较优雅——不像坎特伯雷故事中的叙事者节奏较明快，且颇多市井气息。

巴斯妇人讲的故事至今仍算个话题。话说有个骑士，独行荒郊野外，忽遇孤身少女，他一时欲令智昏，犯了江湖大忌，跑去"性侵"少女。事情闹出来，亚瑟王认为败了骑士门风，断他死刑。不料，皇后出面——皇后竟然是七百年前英国"废死联盟"的首任主席呢！真是失敬——亚瑟王乐得顺水推舟，就把"骑士案"转给皇后去发落。

皇后于是给骑士出了一个题目，要他出外一年（另外恩加一天），去找寻一个"放之四海而皆准"的答案。答案如果经众贵妇同意，则可以免死。

那问题是什么呢？问题是：

"世上的女人,她们心里一致最想要的是什么?"

骑士于是策马上路,俨然成立了"一人民调公司"。麻烦的是,答案因人而异,有的说是钱,有的说是华服、性、奉承、信任,有的甚至认为丈夫早死为妙……

行行重行行,半年已过,他必须遵守誓言折回头去向皇后复命了。但答案至今找不出,依旧必须砍头,心中不免怏怏。他走着走着,不意在森林深处碰见一位老丑的婆婆。婆婆虽老丑,却多智,婆婆给了他一个答案,要他去见皇后和众贵妇时说出来,如果大家一致同意答案正确而获免死之恩,她就有权向骑士要"一项回报"。

骑士只好一试老媪之言,不意竟获全体贵妇同意,那答案是:

"世上女子皆愿能御其男子,男子对她言听计从,俯首称臣。"

这时,林中老妇忽然现身,向皇后请求主婚——因为骑士曾答应过她,如因其言获免死罪,便要答应办到一事,她此刻要求成婚。

骑士虽暗自叫苦,然而依骑士行规,必须谨守誓言,所以就把个丑老太太娶回家去了。不料此女的口才简直是西方"无盐女",她看丈夫嫌她弃她,便说出一番大道理来。骑士说不过她,只好以礼相待,至少也得敬她几分,不意这一转念,老妇忽变美女。如今骑士夫人有德、有才、有貌,堪称"三绝佳人"。两人自此照着故事的法则,过起幸福美满的日子……

(八)咦,过了七百年,这答案好像又不对了

可是坐在D车厢上,想着,过了七百年,这答案好像又不对了,能罩得住男人,一个男人,在一个屋顶之下,那算什么呀?像名为五星上将的将军,麾下却只有一兵,又有什么了不起呢?反之,男人罩老婆虽威武八方,同理,也没啥好神气的。当然,我指的不是要驾驭十个异性——而是,人生那么广,有价值有意义的事太多了,男女之事不值得成为女界的"共同唯一理想"。

女人跟男人一样,她的愿望应该是"平等""不做附件""生命里不只有婚姻""在不违德的前提下可以去做自己要做的事"。白居易的诗中有句话说得深切:"人生莫作妇人身,百年苦乐由他人。"传统女人未必个

个不好命，但"苦乐由人"却把人生弄成一场"不确定的"赌博，或赢或输，全没个准则。换言之，女人全然没有选择权。女人不是什么奇怪生物，她要的东西跟男人一模一样，只是去做一个人、去独立、去自主罢了。

这些事，七百年前的泼辣厉害的巴斯妇人是不会懂的，连乔叟也不懂。但坐在D车厢里，慢慢想，一切都洞然了。

（九）为什么跑到英国"那节不准讲话的D车厢"就会想起许多事？

可是，同一个我，为什么在台湾不去想这些事，跑到英国"那节不准讲话的D车厢"就会想许多事，也真奇怪啊！

除了读吴尔芙，和巴斯妇人，读旧诗也是个好主意。人在旅途，厚籍大册带了会累垮人，行囊只宜放它轻轻薄薄一二册书。诗集，如心灵世界中的行军干粮，又如乳酪或牛肉干，浓缩紧致，美的密度比较高，耐得咀嚼也耐得饥——但诗集也只合在D车厢读。如果搭乘的是聒噪的游览车，导游下死劲努力劝人唱歌、讲笑话,他自己也努力让众人耳根不得一秒钟清静,他甚至认为必须如此这般,才庶几无愧于其神圣的职守。可怜你正想着如何把一句李贺的驰想兑化成现代诗,那边却冒出一堆"插嘴"的人,插科打诨,不一而足。在台湾,为了宣示族群平等,许多车厢中还会"自动"跳出四种广播语言(三种华语,外加一段英语)告诉你"台中到了"。这还不打紧,有些车厢更是服务周到,他们不厌其烦地好心相劝,请每位乘客生活中务必要小心诈骗集团,千万不要上当了。这些公司对顾客的殷勤,真是令那些想好好阅读并思索一首唐人绝句的人欲哭无泪啊!

如果世界上每个城市都有火车,如果每列火车都设有一节 D 车厢,如果载着我的不只是车轮车轨,也是幸福的 D 式的无边的祥宁安静——那,真是多么好的事啊!

(二〇一五·三)

一篇四十年前的文章

二〇一五年十一月,台北市,细雨霏霏,我去赴宴。是一场既喜悦又悲伤的午宴。

邀宴的主人是黄教授,她退休前曾是东吴大学经济系的主任,邀宴的理由是想让我跟她远从天津来台的侄孙见面。说得更准确一点,是她去世四十年的亡夫的侄孙。

说是"侄孙"辈,其实年纪也只差五岁。至于"黄教授",也是"官方说法",我们其实是一九五八年一同进入大学的同学,后来,一起做了助教,并且住在同一间寝室里,所以一直叫她"小宝"。如今,见了面,也照样喊她"小宝"。这一喊已经喊了五十七年,以后,只要活着,想必也会照这个喊法喊下去。

宴席设在红豆食府,是一家好餐厅,菜做得素雅家常又美味。远方的客人叫杜竞武,他是我老友杜奎英的大哥杜荀若的孙子。老友逝世已四十年,他前来拜望杜奎英的妻子黄教授。

他叫黄教授为叔祖母,我好像也顺便升了格。至于他要求见我一面,是因为——照他说——读了我写他三老爷(杜公)那篇《半局》,深为其中活灵活现的描述感动。

"活灵活现?哈!"我笑起来,"你见过你三老爷吗?你哪一年生的呀?就算见过,你能记得吗?"

他也笑起来。

"理论上见过,"他说,"我一九四六年出生,那时候三老爷住我们家,他一定见过我,我却不记得他……他的行事风格嘛,其实我都是听家里人说的……"

也许DNA是有道理的,他说话的声口和神采也和当年杜公有那么一分神似。但也许是少年时候因家庭背景,受过许多痛苦折磨,也许是因为他比当年的杜公年纪大,他看来比较约敛自制,没有杜公那种飞扬跋扈。但已足以令我在席间悄然"一思故人一神伤"了。

印尼有个岛，岛民有个奇怪的风俗，那就是在人死后几年，又把死人从地底下一再刨出来，打扮一番，盛装游街。他们不觉如此做唐突了死者，只觉得应该让大家能有机会，具体地再一次看见朝思暮想的那人。

我在报上看见图片，心里虽然不以为然，天哪！那要多花多少钱呀？世界如此贫薄，资源如此不够用，厚葬怎么说都该算一项罪恶。我怎么知道那是厚葬呢？因为推算起来尸身要保持得那么完整，而且又要维护得如此栩栩如生，一定是钱堆出来的。但是，看见图片上那死者整齐的衣服，宛然的面目，以及陪行寡妇的哀戚和眉目间的不舍，仍不禁大为动容——虽然我与那人素昧平生。啊！人类是多么想多么想挽回那些远行的故人啊！我们是多么想再见一眼那些精彩的朋友啊！

我此刻坐在雅致的餐厅里，跟五十多年前的老友的侄孙见面，彼此为的不就是想靠着反复的陈述来重睹逝者的音容吗？

曾经，身处两岸的我们隔着那么黛蓝那么忧愁的海峡，那么绵延的山和那么起伏的丘陵，以及那么复杂的仇恨——然而，他辗转看到了我的文字书写，他觉得这其间有一份起死者于地下，生亡魂于眼前的魅力。我的一篇悼念,居然能令"生不能亲其馨欬,死不及睹其遗容"的那位隔海侄孙,要从远方前来向我致一声谢。我一生所得到的稿费加版税加奖章和奖金,都不及那老侄孙的俯首垂眉的一声深谢啊!

两天后,他回去了,山长水远,也不知哪一天才会再见面。人跟人,大概随时都在告别,而事跟事,也随时都在变化——政局会变,恩仇会变,财富的走向会变,人心的向背会变。而这其间,我们跟岁月告别,跟伴侣告别,甚至跟自己曾经拥有过的体力和智力告别……

然而,我不知道"书写"这件事竟可以如此恒久,虽然"坏壁无由见旧题",如果兵燹之余,所有图书馆都烧成灰烬,则一切的书写只好还原为灰尘(啊!原来人类肉身的"尘归尘,土归土"的悲哀法则,也可能出现在文学或艺术品上)。但在此之前,这篇文章,它至少已活了三十九年半,让远方复远方的族人,可以在青壮之年及时了解一段精彩的家人史,呼吸到故旧庭园中兰桂的芬芳。

后记：

一九七五年，八月，四十年前，我的朋友杜奎英谢世，我当时人在美国，不及送他最后一程。隔年我写了一篇《半局》悼念他，刊于《中华日报》。不意近四十年之后，有一位朋友跨海而来，向我殷殷致谢。

（二〇一六·一）

教　室

那男孩蹲在地上,紧挨着他在旁边蹲着的,是他的母亲。地是泥沙地,平平的,上面什么也没有,只有一根削尖的小树枝。

他是个小孩,五岁,脸孔红润,双眼晶亮,他时而好奇地看看母亲的脸,时而转睛去看母亲的手,他忙得不得了。

"阿修,你看好,我今天要来教你认'字'了。"

"咦?'字'?'字'是什么?"

"你爸爸走得早,本来,应该是他来教你认字写字的,如今他不能来教你,我就来教你。我们昨天才去上他的坟,他走了一年了,昨日我也跟他说了,说,我要来教你认字。你看,我现在写三个字,一、二、三,好,我现在涂掉,你来写。"

小男孩接过树枝,写了一、二、三。笔迹虽然稚拙,却也一笔一笔实实挺挺的。

"好,现在我再来写,天、地、人。"母亲写完,又立刻涂掉,"我来把着你的手,再写一次。"

小孩写完,她把沙上的字迹全部抹平,并且问:

"刚才我们写了什么字?"

"一、二、三。"

"后来呢?"

"天、地、人。"

"你把这六个字全都再写一遍给我看。"

小男孩写了,一二三,然后又写了天人,却想不起"地"怎么写。只说:

"天是'二'个'人'哦!——地,怎么写?我想不起来了。"

"天是'天','天'不是二个人。人是'人','人'不是半个天。'地'有点难写,我再来把着你的手写一次。地,你要记得'地'这个字,我们现在就是在地上画字,你就是在地上学写字的。"

"学写字，就要蹲在地上学吗？"

"不是的，有钱的人有几案，案子上铺着白纸，白纸旁边有砚台和墨锭，用墨在砚台里磨啊磨的，就磨出墨汁来了，然后可以用毛笔沾了黑墨汁在纸上写字——这叫白纸黑字，你爸爸写在纸上的字好漂亮。"

"那，我们为什么要在地上写？"

"因为我们没有钱买纸买笔，在地上写，不用钱。"

"我们是穷人？——"

"不一定，看你怎么说。我现在教你识字，你识了字就能去看书，看了书就可以懂很多道理，人一旦懂了道理就不能算穷——不管你有钱没钱，懂道理的人就不算穷。"

小男孩似懂非懂，只努力把那六个字又画了好几遍：

一二三
天地人

父亲是去年走的，那时候，他四岁，茫茫然不知家里发生了什么天摇地动的变化。事情过了一年，昨天他们去祭坟，今天，母亲不再哭泣，她蹲下来，在自家院子里，她已决定，这里就是教室，就是学堂，她要来教自己的小孩识字。孩子的父亲生前是个好人，但天地对他不够仁厚。她于是决定要来为孩子的父亲扳回一点公道，她自己来教小孩识字。她要把整个知识的世界送给这孩子，她要让那个好男子的骨血也能成长为一个有价值的好人。

父亲死后二十年，宋仁宗天圣八年（一〇三〇年），小男孩二十四岁，中了进士，他是一个既有学问又有才华的人，他的名字叫欧阳修。

他有学问，有见地，是因为他饱读经书。他饱读经书是因为他识字，他能识字是因为母亲为他筑了一间宏阔明亮的大教室——

那教室以天空为屋顶，以大地为座席——这座席还得同时兼做无边的大纸，随写随更换内容的一张大纸。而笔，是削尖的枯枝，四野的风声水响是不辍的弦歌，前来加助潜移默化之效。在这间教室里，一个寡母，一个孤子；一个老师，一个学生；教室中"教人的人"和"受教的人"，他们的那颗心都是热的。只因那老师相信，这孩子必然会为仁德的父亲重新担起仁德的传承。

上天一定会给这个因四岁丧父而会吃不少苦头的小孩以加倍的垂怜和祝福。

今天,一千年过去了,在华人的世界里,造价昂贵且设备完善的教室比比皆是,但,虔诚认真的老师和又惊又喜一颗心兴奋到近乎慌乱的学生在哪里呢?

(二〇一六·四)

故事两则

（一）老东北人的裸睡

跟宋先生聊天，谈到张学良。宋先生是谁？此处暂且不表，提他的姓，是为了让自己的叙述"言而有征"。

"那时候，他病了，住在荣总，我在电话里约了要去看望他，我怕他多礼，一直等我，就跟护士交代，如果我到晚了，千万别管我，让他先休息吧！那时候台湾交通没那么方便，从中部到北部要花很长的时间，我那天晚上八点才到，他已睡了，但他也事先交代了护士：

"'就算我睡了，宋先生一来，你就要把我叫醒！'

"他也真是个多礼的人,那天我们聊了一下,让我印象最深刻的是,我没想到这位老先生原来是裸睡的。他当时坐起来,光着膀子。我心里一动,啊,他毕竟是老东北人啊!他还保持着当年老家的习惯,睡在炕上的人是除了被子一丝不挂的。在外面这些年,他还是保持着故乡生活的老办法,唉,这位念旧的老先生,真让人感动啊!"

我闻此言,亦不免心中一恸,北方大寒天,烧得温暖如炉的炕头,肉体纯洁地展开,感知那土炕上的一片馨暖。

宋先生因解读了张先生,而心生感动。

我则因宋先生有慧心能解读张先生而感动。

天下事如果不是经过解读,画面本身常是不见什么意义的,只不过白被单底下盖着一个没穿衣服的生病老男人罢了。

透过解读,一个"东北老疙瘩"的执着乡愁便汩汩流出,如不绝的泌泉。

(二)赖桑的甘死

好吧,我就叫他赖桑——这么叫,是因为我不认识他,我只知道他儿子姓赖。儿子姓赖,想来他也姓赖,而他又是日据时代的台湾人,所以就叫他赖桑吧!老一辈的台湾人叫赖桑,就是赖先生的意思,"桑"是日本话中的"先生"。

认识赖先生的地点在广东顺德图书馆,那天因要搭飞机去雷州半岛的湛江,中间多出三个小时,我便跟陪人说要去看看顺德博物馆,看完博物馆,旁边有家"书店"加"咖啡店",我就走了进去。原则上我一天之中不喝第二杯咖啡,只能去点一杯气泡矿泉水,不料没有,我在柜台不免多花了点时间去做一番对话。就在这时候,我看到柜台左边有位头发斑白的中年男人,普通话虽也说得字正腔圆,但听气口,是台湾人,又因他儒雅大气,我犹豫了一下便厚着脸皮前去递了一张名片。"停船暂借问,或恐是同乡",这是唐人崔颢的句子,今天仍适用。于是互换名片,互道久仰,他真的是我所猜的台商。

可休息的时间不多,我十分钟后便坐上车直奔机

场,但在那十分钟之内,赖先生却跟我说了他父亲的故事如下:

那时候,是日据时代,日本人让台湾人读医、读师范,但不让读跟"国防"有关的工程,我父亲却读了台北工专,全校只收三个台湾人,一二三名永远是这三个台湾人包办,日本人再优秀,永远只能抢第四名。

后来,战争结束,日本人走了,临走,撂下狠话,说:

"电厂,你们会操作吗?哈,我们走了,三个月内,全台湾会(因发不出电来)一片黑暗。"

而那时,孙运璿到台湾来了。

他先找出日据时代懂电、懂工程的人,南南北北,一共找到一百二十六人,我父亲是其中一个。

不久之后,全台供电正常,日本人大吃一惊,不能置信。

后来,许多年过去了,我父亲有一天在松山机场远远看到孙运璿,两人去那里都是为了送朋友,孙运璿远远看到我父亲,便从大厅另一头跑了过来,握住父亲的手,说:"我们有二十五年不见了呢!你一向好吗?你的太太林女士好吗?"

父亲被他一问，感慨万端，回到家，坐在客厅，一人发呆……

说到这里，我在顺德碰见的这位赖先生停顿了一下，接着他说：

"那天我刚好回家，刚好看到父亲一个人坐着发呆，我就问他怎么啦，他便把事情跟我说了一遍，说完了那段话，他叹了一口气，说：'有这样的长官，跟他做事，就算做到死，也是心甘情愿的啊！'"

孙先生是好长官，这几乎是大家公认的，而赖桑是好部属，其实也极不易。现在部属大概很少会因为长官多年后仍愿视你为友人，致上亲切问候而愿意"为你做到死"！

也许是孙先生那张诚朴恳挚的脸和北方老侉子的口音令人感动，也许是他老老实实的握手……

我因一句乡音，用十分钟交了个朋友，并因这友人而获得一个故事，因这故事而知道七十年前的"一九四六年那番艰苦搏斗"，以及"在那番搏斗中相知相重的'主管和僚属间的''现代君臣之义'"。

我心中默默向故去的孙揆和拳拳厚意的赖桑致敬。

（二〇一六·六）

"你得给我盛饺子!"

写"男人和女人"的事不容易写好,因为这实在是个太古老的话题,有多古老?唉!从有亚当有夏娃就有这话题了。

其实,以上我所说的话你也别太相信,这种话,常是二三流乃至四五流的作者说的,第一流的天才是从来不怕去碰触古老话题的!第一流的天才照普通话说,就是"什么都难不倒他",用闽南语说,"虾米拢毋ㄍㄧㄚ"[1],但第一流的作者旷世难逢,我们就常人说常话吧!

---

1. 什么拢毋惊,也就是"我怕啥呀!我啥也不怕!"

不过,我说的"男人和女人"的事可并不指"性事",砸道之士[1]当然不高兴,他们会说:

"古怪啊,谈男女,而不谈性——那还有什么谈头?"

唉,不是不谈,而是比例问题,不管男人女人,一生之中去做"敦伦"一事的时间,加起来决不会多过读书的时间,或上班的时间,或乘车的时间。就算极好色的人,也不会在性事上用太多时间,人类用在打电话、滑手机或看股盘或煮饭煲汤的时间恐怕要多得多。

中国文字里画男人,画的不是性征,而是"田""力",也就是在田里提供劳动力的人。画妇人,也是画她的工作,一个负责打扫的人。汉字里画"男"跟"妇"都省略了"那档子事",只谈双方在分工合作方面的角色。我,也就依循旧例吧!

但人类男女既有分工与合作,就不免有劳逸不均的怨言,夫妻或情人之间的烦扰,一般都在工作分配,至于现代男女吵架原因居然是"你都不回我的短信""你

---

1. "砸道之士"是我杜撰的名词,相对于"五四"以来的另一个名词"卫道之士"。"卫道"二字不知怎么回事,糊里糊涂就变成贬义词了,如今风行天下令人仰之弥高的已是"砸道之士"。

都不安排跟我一起旅游"倒是古人没想过的。

好,话归正传,来说男人女人,我想从我幼时听到的一则故事说起。

我小时候,五岁到七岁,住南京。去南京住,是因抗战胜利了,国民政府还都。离开,是因新的战争又起。在这两年多的时间里,我第一次接触到故乡徐州——并不是我去了徐州,而是徐州不断有人来我们家住,他们会带些煎饼、石榴或盐豆子过来,他们会讲土土的家乡话,他们会说些怪怪的故事——当然跟公主王子无关。

那时代,房子一般小小的,我们一家四口住着已嫌挤,偏又添了个妹妹,加上从老家来了爷爷奶奶和大姐,还有来南京读书的小舅,实在是塞爆了(奇怪的是,院子里偏偏另有一个小房子是专留给用人住的),屋中人口既如此鼎盛,乡下来的远亲近亲也就只好在客厅兼饭厅的地方打地铺了。他们来南京,或想求职或想走走逛逛,对于睡地铺也都怡然。我要说的是,他们坐在我家餐厅(晚上,就是临时卧房),拉起聒来,讲些没头没尾的乡下人的故事……

有个人家,很穷,家里就只有两只碗,一只很大,一只很小。家里呢,也就两个人,男人和他的女人(老家的人说"她男人""他女人",就是"她丈夫""他妻子"的意思),平时都是男人用大碗,女人用小碗,女人虽不高兴,却也无可奈何。然后,有一天,他们难得吃上了一顿饺子。女人说:

"今天,我要用大碗,你用小碗。"

男人说:

"行,但是,你得给我盛饺子。"

女人爽快地答应了,说:

"成。"

但小碗实在太小了,只盛得下一只饺子,女人给男人盛了一只饺子,男人一口吃了,立刻把碗递回给女人,说:

"再一碗。"

于是女人再盛,男人再吃……女人再盛……男人再吃……如此女人的大碗一直空着,她徒然得到一只大空碗,却一直忙着给她的男人盛饺子,自己连一口也尝不上。

后来,那女人到底有没有吃到饺子,说故事的人好像没说,听的人却立刻都归纳出结论来了,结论是:

"那女人，太贪心了，她干吗不让男人用大碗，你看，她白算计了，结果是，她反而啥都没捞着。"

小小的我，在一旁瞪着大眼听着，觉得那故事怪，却没有发表意见。现在，过了长长的七十年，当年听故事的小女孩终于弄明了：

做女人，要安于小碗，否则，会倒大霉。

不过，如果，我是故事中的那女人，第一，我会想尽一切办法，去弄两只同样大小的碗来，去购买、去交换、去乞求、去捡拾、去自制……反正，务必让家里的两只碗是等大的，至少是相近的。第二，千万不能答应"替男人盛饺子"的傻契约（看来是小事一桩），你一旦作了承诺，后患便排山倒海而来。

然而，我，或者其他女人，谁做到了呢？

（二〇一六·九）

"我们何不来谈谈各人的心愿?"

"来,今天刚好得点闲,我们何不来谈谈各人的心愿?"

这句话是孔子说的,时间是在两千五百年前,记下这句话的书是《论语》。

当日一起参加聊天的人,包括孔子在内,一共只有三个,看来是较小规模、更高阶、更私密的对话,于是子路先说:

"但愿有朝一日,我有好车好马好衣服(子路的好衣服当然不是指名牌,而是指保暖实用的"裘"),而且,这些好车好马好衣服我都不会小气,我会跟大家共用——就算用坏了，我也不计较不在乎！"

然后，颜渊说话了：

"但愿一切做事的人，都能有个做事的样子，有功有劳都该闭口不说，敲锣打鼓到处吆喝来称赞自己，还希望别人一起来按赞，那算个什么呀？"（嘿嘿，你猜对了，最后两句是我偷偷加进去的。）

颜渊这段话，让人怀疑颇有"针对性"，他指的很可能是当时某个令人厌恶的政客的作风。（这种官场毛病，今日各地难道还少见吗？可怕的是连老师对校长，或校长对董事会、对教育当局，不是都在夸功诿过吗？）颜渊为人厚道，那天只"点到为止"，并且"对事不对人"，并不明言在骂谁。

孔子这两个徒弟，照今人的说法，应是古人早就实施"多元入学"方案了。今人夸功，说成好像是自己发明的。其实试看这两位学生是如此相悬相殊，两人全身细胞没有一粒是长得相同的。他们说出来的心愿前后也毫不"搭嘎"，只能说是同门异调，各说各话。

但做老师的却不插嘴、不置评、不喝止。他只淡淡微笑，只用宽厚从容的眼神鼓励他们一路说下去，哪怕他们说到地老天荒，做老师的也都耐心听着。

此时此刻,孔子自己禁不住也想说话了。那一天,就是这段故事发生的两千五百年前的那一天,那是什么季节呢?会不会是春日初迟的暖暖的下昼呢?或是蝉声乍沸的六月清晨?或者,落叶橐然的秋日?或者是冬夜炉灰中埋着薯香的安闲岁月?总之,孔子想把话题再延下去。

不过,在孔子说话之前,我很想插一下嘴,孔子原来那句叫学生各自表述的话是这样说的:"盍各言尔志?"

翻成白话就是:"我们何不来各自说说自己的'志向'呢?"

问题就出在"志向"的解读上。今人说"志向",好像非指正经的、正大的事不可,例如"立志"或"志业""志愿""大志""志在必得",都是指中学生可以堂而皇之写在作文簿里的那种东西。

但"志"在小篆文字上是这样写的:"志",更早的金石文的写法也类同,它写成"㞢"。

要解释,其实也很容易说明白:志,不是今人以为的"士""心",而是"㞢"(之)、"心"。

"之"又是什么?之是"通""往""至""与"之

义。要找一句话形容"志",就是"心之所之",如果要找一个字来形容,就是"意"。清朝末年的文字学家戴东原(戴震)的解释颇有现代诗的作风,他说:"心之所注为志。"哇!说得心好像一条长江大河似的,一路流注、灌注、投注、注入……今人如果想到注,大概只会想到赌博"下注"吧?

总之,"志"不是"刚性字眼",它是个"柔性字眼",跟今人联想的方向颇不一样。

孔子所说"各言尔志"的"志"其实只是"说说心底的话",它有点像呛声,有点像抱怨,又像呓语,或者,甚至像祈祷。

孔子接着说了,他明知子路鲁直,说起话来简直像江湖大哥,心里老想着建立起他自己的"大丈夫的个人人格美学",而颜渊想深植的是"有所不为的人格美学",是约敛的,"不"标榜,"不"张扬,"不"自我急速膨胀。可是做老师的却自有其另一番对广大人世的悲愿,他说:

"老者安之,朋友信之,少者怀之。"

翻出来就是:

"愿社会祥和富足,让全天下的老人家,都能获得身心安顿。愿道德在人心,壮年人跟壮年人,在一切的事业往返合作间,都可以坦然互信。愿年轻的后生,一想到前人对自己的栽培扶植和爱护,心里都会忍不住深深感动。"

我们姑且假定那时节是一个冬天的夜晚,姑且假定那夜炉火微温,而一盆红炭隐隐照亮师徒三人他们刚刚说罢心愿的三张面孔。

(二〇一五·一)

日本故事中的风沙与皮箱

那是四十年前的事了。

L教授，他年轻，刚从法国回来，新拿了博士，他教的课程大家听也没听过，叫"未来学"。哎，这真是怪事呀，我们教书的人能把过去的、已经明明发生且完成的事解释清楚，已经万般困难了。这其间，还每每要劳"考古学"和"考据学"的大驾，有时还要跨行跨领域。例如虽然教的是戏剧，却也要懂点农田水利，知道黄河、泗水如何大改道，农村如何兴废，民俗歌谣《凤阳花鼓》中"十年倒有九年荒"的来历，皖北一带农村经济如何大崩盘，因而有徽班入京的悲壮之举，也因而成就了后来的评剧……

而未来呢，我们对未来一无所知，你要跟阿拉伯人订个明天下午的约会，他答应你之后都会慎重地加上一条附带条款："一切看阿拉的意思！"

言下之意是说，"说不定我明天就有'大行'[1]，别怪我不守信用哦！阿拉如果叫我死，我哪能挡得住呢！"

《圣经》所罗门王《箴言》二十七章亦云：

一日生何事
茫茫尔不知
夸夸其言话明朝
莫如谦卑以自持

所以，颇有几个学人等着看笑话，至少，也有点存疑，有时，甚至也悄悄互相叨上几句："天哪，未来学，这算啥玩意儿呀？"

本来，他教他的课，别人说东说西，都不关他的事。当然，也不关我的事。但是，发生了一件小事情，他来找我去他班上演讲——

---

[1]. 指死亡。

"我?"我说,"我不懂你的'未来学',而且,还持几分怀疑的态度……"

"没关系,没关系,你就直讲你对未来学的看法就行了——"

他教书的学校在淡水,以当时的台北市交通而言,单程就要两小时,好在他的课在城区部上课,离我家只半公里,走路十分钟即可到达,我就答应了他。

那天下午,我走进教室。

"各位同学,"我说,"我先来讲个故事,这故事不是我编的,是一位日本作家写的。话说日本京都多风沙,于是有个人便想:风沙多,对眼睛不好,想必有许多人会变成瞎子。

"瞎子不好找职业,只好纷纷都跑去弹三弦。

"而三弦的音箱得用猫皮来做,所以,必然会杀许多猫。

"猫杀多了,老鼠便很猖狂,这些为数庞大的老鼠跑到人家家里,咬坏人家的皮箱。

"所以,结论是,去投资做皮箱,必然赚大钱。于是,便投资了,奇怪的是,皮箱竟然不售,赔了大钱。

"预估未来,不是每一步都按着我们人类有限的推理在进行的。譬如说，风沙大，未必瞎子多。风沙大，可能只是眼睛不舒服，那么，投资眼药水就好了。

"好吧，如果瞎子真的变多了，投资做瞎子拐杖也行。

"就算瞎子多，我们也可以投资设立瞎子生计研究所，瞎子未必要弹三弦。

"就算一定要弹三弦，一定要猫皮，那么，考虑成立猫咪牧场多养猫吧，或者，研发别的代替动物。

"如果老鼠猖獗，那么，办厂生产杀鼠药又如何？或者，发明鼠肉食谱，鼓励抓老鼠来吃，或者多饲老鹰作为鼠的另一个天敌……反正，人鼠大战我想打了少说也有一万年了。老鼠一胞多胎，天生要比我们人类数量多，如果怕它咬皮箱、木箱，就生产铁箱好了……

"不管就个人而言，或全社会而言，谈未来决策，都有点像赌博，赌博第一要算得准，第二要口袋够深——否则会死得很难看。

"未来学不可怕，但未来学指导起人生就有点可怕。

"唉，所以未来学要研究的跟古代巫觋差不多（得罪，得罪），都是在铁口直断未来，而断未来，常要推个十步二十步，这中间，难免有误。

"其实,未来学在某些方面也许可以有点准确,让我们能够早识先机。但另外一方面却可能全盘皆错,连环推敲,更是步步生险。

"在我看来,这门学问运用在自然科学方面也许还算有用,但人文现象千变万化,哪能说得准呢?

"人类其实很想多知道未来,否则为什么会有先知,有预言家,有四柱八字、手相面相?每年几乎都有预言家断来年之事,每年都有人断对,也都有人断错,大家都想知道明天,但明天哪是那么容易知道的?你要跟在他们后面行事,那就像日本故事中那位主角人物投资制皮箱一样注定倒霉——

"好了,说到这里,我们该怎么办呢?我想世上凡学问皆可治,只要你不把它跟吃饭、职业或薪水放一起。而且,只要心怀谦虚,知道这门学问其实也不见得等于救国救民的仙丹。有了这种基本的谦怀,人生怎么走,都可以是上上大吉的!《易经》六十四卦,六爻皆吉的,只有谦卦。"

这是我四十年前一场小型演讲(因为只对一班,约六十个学生),L教授算有风度,当着学生还赞我一番。

事后，也没跟我断交，还跟我要了那篇日本故事的影本。而我回头记此事，心中万般惆怅，因L教授不久便死于癌症。我多么希望时光能倒流，我能凶凶地骂他一句：

"好了，好了，我知道'未来学'很重要——不过，你最近有没有好好做过一次体检呀？"

如果他很听话，去做了体检，及时从癌魔手中抢回生命并且活到今天，我很想好好调侃他一下：

"咦，你们未来学大师有人知道柏林围墙会倒吗？有人知道美国双子星大楼会遭自杀飞机撞碎吗？有人知道苏联会解体吗？……"

(二〇一七·三)

独此一人

因为需校对一篇要给香港浸会大学索取的文稿,所以想起文章中的郁元英老先生(一九○○—一九九○)。用他的名字在台湾网络上搜寻,结果竟然找不到。

于是跨海去麻烦厦门的林采凤老师,居然找到了一大堆(虽然其中有些资料是错的)。更奇特的是他的手稿在网上拍卖,价格不菲。

我认识郁老先生的时候,我二十,他几岁我则不知。年轻人看老先生,无非就是"老",至于多老,好像完全没想到。反正,老人就是老人,老是属于另一个"国",另一个"族"的,跟年轻的我们不相干。

文章中我本来想一笔带过，说他六十岁左右，后来想想，人家浸会大学索稿，我不该如此搪塞，好在现代网络方便，再不查，就叫偷懒了。事实上，回忆中的直觉竟也没错，他当时的确就是那个年龄。

我为什么在郁老先生离世二十七年后又想来写他呢？原来，他曾跟我同在一个昆曲会中。当时，五〇、六〇年代，昆曲非正式会址就设在陆家——也就是郁老先生的女儿女婿家。正确地址是台北市潮州街八十二巷二十五号，说到潮州，明眼人就知道它的位置，在台北市的东南方。

那个家是日式木造屋，属于电力公司，是陆家分到的宿舍。当然不豪华，但坐二三十个客人不成问题。

但我认识郁老先生还不是因为两周一次的昆曲会，而是因为他跟我一样，常去一位汪经昌（薇史）老师（一九一〇—一九八五）的家里，我去，是因为汪老师每周一次为我讲"花间词"，至于郁老先生也在汪老师家中出出入入，仿佛是为了一些"文学杂务"（例如亲手誊抄某些绝版书，用毛笔）。

我叫汪先生为汪老师，是因为他在东吴大学中文系授课，我的确上过他的课。但郁元英老先生为什么也口口声声，称呼比他小十岁的汪先生为汪老师，我却不得其解。问汪老师，他也只笑笑，说："他要这样叫嘛！"

最近，因为想要为自己的文章负起"求真"的责任，又去问他的外孙女陆蓉之教授，她的答案也天真质直，她说："因为他佩服汪公公呀！说他是'有学问的人'！"

对于"有学问的人"就要如此折节俯首口称老师吗？今天的"文化部长"也未必肯如此礼贤下士吧？

当时中文系的同学，凡对自己的前途有打算的，都纷纷去追随一位治"声韵""训诂"之学的教授，当时，那门学问是"显学"。而我，因性情所近，去师事一位词曲教授已经够奇怪了，够不达时了，至于这位"土老头"郁元英也来师事汪老师更是令人费解。

说他是"土老头"是因为他的穿着。他成天一袭浅灰色长衫，头发也灰灰的，理成清清爽爽的小平头，脚下穿的似乎是布鞋，印象比较深刻的是干净的白袜子。他因常年一袭灰长衫，让人怀疑他像弘一大师，总共只有那一件衣服——现在想想不对，他的灰色长衫素朴雅净，应该是有好几件轮流着穿，才能保持得那么整洁。

回忆中最最奇怪的是，他出门不带包包，只带一块方布，里面包着他的书和文具。那块布斜折以后打个结拎着，五〇、六〇年代的台北，物质虽不丰裕，但用一米见方的布巾做包袱来拎着的人，我也只看过他一个。

郁老先生不太说话，说的时候口气又有点急，带着吴音，我实在不十分懂。我一直以为他是上海人，他也的确是从那里来台湾的——但我不免好奇，上海人说得好听是聪明灵活，说得不好听是滑头，上海人中怎么会有郁元英这种性格方楞的"土老头"？

我生平学术成就不大，但"学术性格"中求实的习惯却已根深蒂固。查查资料，答案就出来了，原来郁家是移民，从山东过去上海的，到郁元英已是第三代了，山东人去上海多卖布，郁家以布业在上海创了业、立了足。郁老先生高大挺拔（以那时代的标准），大眼隆准，走路带风，可算美丰仪——而且是北地男子之美。

山东离上海不远，上海在二百年前等于中国的纽约，是一切寻梦者的天堂。当然，移居的寻梦者未必都顺利，张爱玲的小说《封锁》中有个沦落上海街头的乞丐就是山东人，他在故事中只有两句戏词：

可怜哪——可怜

一个人哪——没钱

我试用山东话念一下，真的音韵铿锵。

郁元英的祖父郁怀智可谓是人如其名，他投身上海其实是有备而来，他先入学"广方言馆"，让自己娴熟英语，毕业后顺理成章，进入英商的义记洋行，弄清楚国际布业市场，因而赚到大钱。之后，这个家族便办了"郁良心堂"，经营中药，还办了六所小学，供穷苦人家子弟读书。

我望之颇似"土老头"的郁元英，他在上海全盛时期，身边是常跟着两位雇来的白俄罗斯保镖的。

"土老头"一九四八年到台湾，原打算先过来看看，能不能发展中药事业，不料从此与母亲、妻子，以及十三位子女分别，他当时只带了两个小孩，而郁家因好几代家中人丁单薄，便遵亲命在四十岁之前和妻子生了十七个孩子。

对我来说，这位"土老头"几乎是"神话式的传统文化的实践者"。一九六五年，他辗转得知母亲在上海病故，便在台北哀泣守孝。夜夜枕着砖头在地上睡觉，如此遵古礼三个月，而那时，他自己也已六十五岁了。

他真是一个令我不解却深深佩服的奇人啊！这种人，截至目前，我也只见过他一个。

又，"土老头"有个有名的儿子，名叫郁慕明。他还有个有名的外孙女，名叫陆蓉之。而艺术鉴赏家傅申博士则是他的外孙女婿。

（二〇一七·六）

华人和民主之间，有点麻烦

（一）因为有了热心的朋友所发生的好事，忽然变调……

我的朋友N，是个既正直又热心的人，因为丈夫的工作常调差，她也就常在全省各个城市流浪。有一阵子，她住台北，我们因而比较有机会常见面。

她偶然发现我爱吃某种水果，于是当机立断，说："以后，你再别去店里买了，我就是那个镇上的人啊！那些果园我全都熟呢！明年，到了季节，我会去帮你订两箱品质最好的，产地直送，价钱当然会便宜，你只要货到给钱就好了，这××又耐放，你会有两个月的好日子过！"

啊呀！怎么有这种好事？虽是区区一果，也是难得的因缘际会。后来事情的发展果真如她所说，我有三年之久过着"幸福快乐的日子"。每年，到了当季，××送到家，又好看，又好闻，又好吃，又能感知大地的和朋友的善意……

可是，好日子很快就没了，我的朋友一脸尴尬来跟我说：

"对不起，我以后不能再帮你买××了……"

"咦？怎么啦？怪不得我今年还没收到。"

我觉得她的表情里有太多难言的委屈。

"唉，别提了，你知道，我们镇上大部分的人都种××，我帮你订的是种得最好的一家。这事不知怎么回事被我舅舅知道了，他非常生气，因为他也有果园。他跑到我家来大吵大闹，说，自家人怎么不帮自家人，反而去帮别家做生意，害他太没面子了。他把我们全家都骂了一顿——他走了，我们自己全家又把我再骂了一顿。"

"哎呀！"我十分内疚，"真抱歉，因为贪嘴害得你们家族不和……"

"不怪你，而且，也不怪我。我其实也愿意向我舅舅订货，可是他种出来的××实在太难吃了，差人家差太多了！你是我的朋友，我好心要推荐故乡的好东西给你，怎能又去订那种次货呢？"

从此，这事就不提了，我有点意兴阑珊，连每年高高兴兴吃这种水果的仪式也废黜了。

（二）你若撞死人，撞死的也是美国人

再来说一个风马牛不相及的故事。

朋友H，原是某电视台的导播，他因移民美国，决定去考一张国际驾照，但他跟主考官都知道，他的技术是不及格的。可事情忽然有了逆转，主考官一看他的名字，居然万分惊喜：

"呀，原来是你呀，你导的戏，我都爱看，好啦，好啦，让你过关，反正你现在人要去美国，去撞死人，撞死的人也是美国人，不关我事！"

我听了这番话，真是啼笑皆非，只有祈祷上帝，让他不想开车，免生祸端，随便大开善门送人驾照，很可能丧别人一命呐！

（三）华人的古怪思维

这两件事，都立刻让我想到华人世界要实行民主制度十分困难，N明明选了最好的水果，但家族却不容她客观。她必须恪守"有好处要先照顾自家人"的华人信条。否则，就要掀起惊天骇浪。选贤与能？少鬼扯了，你必须选亲戚，选朋友，选咱家叔公丧事他曾前来到场捻香的那位……至于贤不贤，能不能，谁管那档子事啊！

而H碰到的主考官，手上有点小权，就立刻耀武扬威，发挥其私权力，虽然并没有贿赂夹缠，但也是徇私枉法。

如果对"守法"、对"公平"、对"客观评量"都一概"堂而皇之地没概念"，这民主要如何实行呢？如果把"暴君"换成"暴民"，就算民主，那先烈先贤的血可是白流了。

民初的学者梁漱溟，认为传统文化中缺少"个人主义"的尊严，如今，"个人主义"是有了，却是"伪个人主义"，说穿了，只是自私、自利、自是，具有这些"不好的人格特质的人"，哪能好好做个主人呢？一个人如果没有主人风范,又怎配谈民主呢?

后记:

我没说出水果的名字,是为了保护我朋友。台湾小,只要说出果名,你便知道产在何地何方,也就很容易对号出主角人物来了。

(二〇一七·十二)

"他人生病"和"自己生病"

兼怀饶宗颐先贤

人会生病,此事不打紧。我把病分成大、中、小三种。小病如感冒,只一周,也许就好了,那碍不了事。中病如骑摩托车,碰断小脚趾,撑支架三个月,也就大致无碍。大型病比较麻烦,如二期胃癌,或艾滋病、渐冻症、中风、失智,其中有些会致人之命。

我们常人生病,或好了,或死了,是我们一己的幸或不幸——但大人物的病,则会影响一个时代。

但使我心生感慨的,其实不是政界人物的病,而是文化界名人的病。

一九六五年,美国卡内基音乐厅要演出《唐尼采第》,女高音豪恩却生病了。此角原不易演,是个美丽坏女人，杀人不眨眼。应该说，她颇以杀人为乐，最后，不意却误杀了自己的儿子。此贵妇毒肠冷肺，幽眉晶目，歌喉则高亢沉郁、阴鸷诡谲，如今女主角豪恩病了，音乐厅一时不知怎么办。不过，歌剧界中从来不太缺"后浪"，西班牙女高音卡芭列立刻取而代之，并且一炮而红。

男高音多明戈也是因"代位"而大红。"小咖"人物"乘人之危"而上台，听来好像有些"胜之不武"。其实不然，"大咖"有病，"小咖"能立刻跳上台去，而且唱得合辙合调，不分轩轾，哪里会是件简单的事？这种人是一天二十四小时，一年三百六十五天，每时每刻都在候勤，都在待命，都在说："我在这里，我准备好了！请用我。"其严肃敬慎处，简直如圣徒之待耶稣再临——我们绝对不可用"幸运"来归类他们。

最近饶宗颐教授以一百零二岁高龄仙逝，让我想起他年轻时也是以"代课"起家的——当然，他那时已是一个"颇有可观"的"微型学者"了。

请他代课的是韩山师范[1],位在潮州——饶先生本是潮州人——我三年前也曾有幸赴此校演讲,缅怀前贤,不胜低回。

饶先生当时年少,代詹安泰(一九〇二——一九六七)教授的课,学生颇不服气。饶先生身材瘦小,望之不甚有威仪,民初的学生在五四之后常常霸气凌人,好在经过师长斡旋,先让饶先生"试教"(当然,那时用的不是这个动词)。其实,这道手续现在各大学也多半采用,我戏称为"学术相亲"。俗话说:"没有三两三,怎敢上梁山?"在学院中也是如此,"没有三两三,怎敢入学院?"(诈骗之徒,另论。)

饶先生一试之下,因嗓音洪亮,态度诚恳,讲解清晰,旁征博引,且鞭辟入里,学生转嗔为喜。从此,饶先生便由"代课老师"起家,堂堂进入学术殿堂。后来詹安泰教授的病好了,恢复上课了,饶先生的地位仍然

---

[1] 韩山师范学院创立于清光绪廿九年(1903年)的"惠潮嘉师范学堂",位于国家历史文化名城潮州市。其前身可追溯到宋元祐五年(1090年)潮州人为纪念唐代大文学家韩愈而建立的"韩山书院",1921年更名为省立第二师范学校,1935年更名为省立韩山师范学校,1949年更名为韩山师范学校,1958年升格为高等师范专科学校,1993年升格为本科师范学院。——编者注

屹立不摇。

以上是饶先生因前辈之病而遇到的人生第一件幸事——但当然不能全视为幸运,他必须自己先有学问和修为。

饶先生的第二件幸事,也因病,自己的病。当时因中国全面抗战,国民政府舍不得国之精英,一面抗战,一面把重要学院都迁往西南去了。有迁云南的大学欲聘请饶先生,饶先生也答应了,但当时去云南的路径十分迂回,必须从广东到香港,再从香港转南洋,再由缅甸折返云南。

这时候,饶先生的身体却抗议了,他严重腹泻,卧床三月。可能旅途劳顿,加上营养不良,卫生条件不好,且饶先生其人一向爱惜光阴,很少休息,而当时极端缺乏良好的医生和药物,他得的病,似乎是疟疾。看到他奄奄一息,妻子和家族长辈都出面干预,他于是只好留在香港。

我曾在饶宗颐学术馆中徜徉(位在潮州,四层楼,占地四百五十平方米),馆外有亭台楼阁,馆内有书法绘画,有位热心的参观者为我解释:

"一九三九年,他留在香港留对了!如果他去了云南……说不定就死了!他从香港,后来又去了美国,才有今天的成就,说来,都是那场病救了他呢!"

我不曾长期腹泻,也不太能揣摩腹泻之苦,只记得一九九一年在北京人民大会堂开会讨论简繁体字之事,当时会中有位权威学者张某,他为自己前两天没能出席致歉,说是因为拉肚子。并且说:

"俗话说:'好汉禁不得三泡稀!'那是真的啊!"

我闻此言,颇觉有趣,于是就记住了。

饶先生那场久泻不愈的病也许害得他形销骨立、精神萎靡,却为全民族留下一个颖悟深思,且极肯用功的学者。这场倒霉的病,虽可说是饶先生个人之幸,也可谓是整个华人世界的世纪幸事呢!

(二〇一八·五)

忽然,他听到琅琅的朗读声

    远远地,他走了过来。市集上的人很多都认识他,他姓卢,是个很规矩的小男孩。他没了父亲,母子俩相依为命,他就一心孝养母亲。

    哦,不对,他已不是男孩,他最近长大了,悄悄长大了,也稍稍长了些筋肉,算是个少年了——而此刻他正背着一捆支离扠叉的干柴,气喘吁吁地走过来,毕竟,他还年少力怯。

    仔细看,他的柴很干,都是捡来的枯枝,而不是砍来的,不是粗大的树干。他为人仁慈,不忍伤树。

    在市集上,他找到一个僻静的角落,把柴卸下来,自己则站在柴后面。看来他不懂吆喝,只腼腆地不知所措地愣站着。

有客人来了,客人像个外乡人,但不管是本乡外乡,柴,总是世人一大早开了门就要用的东西,所以不难卖。客人为人爽快,生意很快就做成了。

"你把柴送到我住的地方——我住客栈。"

少年满口答应,挑起柴就跟着走。

"听人家说你姓卢,不是本地人。"

"告知客官,先父是十多年前从北方下来的。"

"你长得倒是像本地人,又黑又瘦小,说话也是本地口音。"

"告客官知道,跟左邻右舍说惯了,口音也就有点变。黑嘛,是因为常在日头下干活。瘦小嘛,是因为家里穷,老是吃不饱……"

"你爹,从北方下来,是贬了官吗?"

"他走的时候,小的才三岁,不懂问。他走了,小的不忍心问寡母,怕她伤心。但,想来是的……"

"他怎么走的?"

"是病吧?北方人到了这岭南,有时会中了瘴气……"

"三岁就没爹的孩子,活着不容易啊——往后好好孝顺你娘——"

"客官教训得是。"

客栈到了。客栈是个奇怪的地方,那里面住着南来北往的人,他们各自说着各自的方言,居然彼此也都大致能弄明白。放下柴,少年没转身——他用非常恭谨的"却步"(倒退着走)的步伐离开(也就是说,"不以背部对长者")。

忽然,就在这时候,他听到一种奇特的声音,他停步倾耳——是人声,某间客房里传来的人声,但不是说话,也不是唱歌,而是朗读的声音,琅琅然的朗读的声音。那声音非常好听。至于朗诵内容是什么,少年完全茫然。

朗诵的声音他是听过的,父亲以前晨起每会念诵几页书。父亲那时已有病,念诵的声音也有几分暗哑,但记忆中仍觉是好听的。好听,是因为念的人完全相信自己所念的字句,并且深爱自己所念的字句。只是三岁以后,父亲客死异乡,这声音就消失了。那声音随着棺木,沉埋在黄土下,但现在,那声音像一棵小树,居然从地底又冒了出来,少年听了,恍如隔世。

但这位客人其实念得更好听,他的声音健旺、洪亮、正派，间亦有幽柔婉曲处，听来字字背后都有明亮的喜悦，却也有悲戚和惜恻。街上偶有唱歌的女子，她们唱得也不能算不好听，但她们一心只想取悦人，只想多得到两文打赏，声音便不免媚俗。而这位远方投宿的客人，却只顾念诵自己想念诵的，他已忘我，却反而自然，令人悠悠神往……

好声音他是常听到的，去山里捡柴的时候，满耳都是松涛声、泉涧声、虫吟声、鸟鸣声，偶尔亦有山居村妇哄小儿入睡的歌声。但这位云外之客的声音跟他所有听过的好声音都不同，怎么办呢？少年不知所措，想来这声音背后一定藏有一个世界，一个奇特不可知的世界——一个自己想都没想过，梦都没梦过的世界——只是眼下自己什么也不能做，只能如江中顽石接受忽来的激流的冲击，一时六神无主，不知去从……

"请问，请问客官，那个声音，是，是，是在干什么？"

"有人在念……"客栈人多嘴杂，问题立即有人接腔。

"念什么？"

"那客人念的是《金刚经》。"

"《金刚经》是什么？要到哪里去才可以拿到《金刚经》？"

少年其实根本不识字。

"黄梅，你向北走，走到粤北，翻过韶关……"

"啊，我要去，我要去黄梅……"少年说。

当下有人看他情痴，慨然拿了十两银子出来，让他安家。少年于是就真的翻山越岭一路北行而去……

以上，是唐朝六祖慧能年轻时的故事，地点在广东。当时，他在客栈中，偶然惊遇那热人之耳、裂人之心的美妙吟诵。

啊，虽然已经一千三百年了，但那场听觉的惊艳，是多么令人羡慕的，生命中既短促又永恒的奇逢啊！

后记：

"香港学校音乐及朗诵协会"年年举办朗读会，办了有七十年了。他们希望我为朗读写一篇文章，我于是想起六祖的故事中几句动人的朗诵，此事扭转了慧能的一生，也影响了中国佛教的发展，乃为作叙述如上。

(二〇一八·十)

金庸武侠，我的课子之书

悼金庸

孩子小的时候，我有点发愁——我说的不是指很小的时候，而是，有点年纪了，那时他十岁了，我的儿子。其实，真的婴儿期，倒不麻烦，该放进嘴中的奶就放进去，该清洗的屎尿就清洗掉，一切都很顺理成章，累归累，却不致令人发愁。到一二岁仍然不必愁，他只负责长高长大，我只负责让他吃好睡好，外加几个床边故事。

但是，他们如今稍涉人事了，我儿，和小他三岁的妹妹，作为一个母亲，我很难避免不安。

我的不安如下：

说来，我家虽非模范家庭，但什么钩心斗角、损人利己的事一概没有，更别说那些使阴使坏的招数了。孩子就连撒一句小谎，在敝宅中也算是很严重的恶行劣迹呢！

在这种两个书呆子教授之家养大的小孩，正直又善良（这当然不是说别个职业的父母养不出正直善良的孩子），一旦入了社会，碰上邪恶出身的朋友，那明亏暗亏不知要吃多少！

唉，怎么办呢？做父母的好像不便教小孩坏心术的"辨识法"及其"防范法"吧？孩子太有"防人之心"则其快乐童年的快乐也就有限了。

记得女儿读中学的时候，有位老师大概看准她是个好孩子，每天叫她放学后负责拿着试题到学校附近的影印店去印考卷，然后带回家放着。第二天一早，再把考卷带去学校给全班同学考试。可能是学校的考卷印量太大，来不及，只好让店家来印。但，让一个第二天自己也要考这场试的小孩的卧房中有试卷，这种信任未免过分了一些。

这简直像叫一只黄鼠狼口叼活鸡做宅配的送货员嘛！而它竟然忠心送到，不曾半路尝鲜，这事有点难呢！而我家小女却能让老师放心。唉，家有坏小孩固然令人发愁,家有好小孩也是令人烦愁的啊!

我忽然想起一个好办法来了,让他们读读金庸吧!

于是,便一面跟儿子提起金庸,一面进行"身教",把借来的金庸读得个舐嘴咂舌滋吧有味,让小孩好奇,我便趁机把《倚天屠龙记》跟他粗讲了。终于,他入了彀,自己也拿起书来读了。这一读,不得了,立刻废寝忘食,神魂颠倒。

好吧,我认为,不妨把小孩分成两种,那就是,"读过金庸的"和"没读过金庸的"。

读过金庸之后的儿子好像开了窍,不单懂得是非善恶之间微妙的消长,连男女之间不可思议的情痴、侠骨和正气、权力和欲望,以及不为反有、营求反空等等世间诸相……都隐隐有些知晓了。

女儿稍小,金庸文字往往稍嫌近文言,但她也跟着哥哥魂游象外,成为一个小小的侠国子民。

又过了两年,我和丈夫赴泰北,因为时间有点长,我们决定把孩子也带着,算是苦涩味道的暑假旅游吧!

因为山路难行,我儿不知哪里捡到一截青竹子,便拿在手里当登山杖,兼作壮胆用(怕碰到蛇),我们戏称他是丐帮的,所以才会拎根"打狗棍"。

当时同行的还有一位韩定国,他长住泰国考伊兰,为东南亚"难民营"服务(而我们去的地方则叫"难民村"),韩和我儿我女很快打成一片,他们三人当时都有点胖,韩不知怎么就封我儿为"肥仔帮"帮主,他自己则自称是"肥仔帮护法",等要封我女为"肥仔帮副帮主"时,则遭我女峻拒,她认为一旦入了"肥"仔帮,一定终身肥定了。

"咦?"韩问她,"你是帮主妹妹,你不做副帮主,那,你做什么?"

"我什么都不做,我只是你们帮主的亲戚。"

哎,小小年纪,对人事制度竟能了然于胸呢!恐怕也是读金庸小说之功吧!

我们见到了驻美斯乐的雷雨田将军(其实他姓张),他很高兴,因为从来没见过从台湾到美斯乐去的小孩子,那趟旅程,儿子随身带的书便是金庸的,若非侠骨豪情,四个人也不会把旅费花在这个地方。

两周后回到台北,"肥仔帮"少了韩护法,便自动解散了。

以后小孩长大,儿子去了美国芝大,临行跑到书店买了一整箱金庸全集带着，想来是供聊解乡愁之用的。没料到住定后，华人同学有人发现他手头竟有全套金庸，纷纷跑来巴结求借，其中有台生也有陆生。我儿一时居然变成芝大男生宿舍里"中文图书馆的馆主任"，并且业务鼎盛，借书率之高十分惊人——虽然这间图书馆只拥有一个作者的一套书。

四十年匆匆过去，我儿如今已届中年，一谈起金庸仍然眉飞色舞，仿佛当年那个展卷披读的十岁小男孩。而故事中的少年主角才世事初涉，江湖乍入。方其时也，旭日冉升，垂杨夹道，远方正有恩待报，有仇待决，有义待全，有泪待还，少年的剑在囊中蠢蠢欲鸣，啊！那少年，那少年，那剑眉星目的少年，那血沸肠热的少年，他的达达马蹄正驰过，悠悠古道上，正扬起一片清尘……

（二〇一八·十二）

舞、舞雩和舞之子

赠给舞者杨桂娟教授

（一）我想看看沂水之畔的那座疏朗的舞蹈之台

> 山光照槛水绕廊，舞雩归咏春风香。

这是宋末遗民翁森的句子，说的是四时读书之乐。翁森距今近千年，翁森这句子里的"雩"，不是他自己想出来的，而是更古早以前《论语·先进篇》中的话，是孔子的弟子点在孔子指名要他发表"我的愿景"时说的。孔子先听了其他徒弟的伟大志愿都不置可否，最后听到点的发言，才立刻按了个"赞"。

点的心愿很低调，只不过跟着一票大大小小的青少年，一起跳到春天的河水中去野浴。然后，一路走回家。路上，有座"公共建筑"，是个舞台。这舞台是乡人祈祷求雨的地方，叫"舞雩"。它高出地面大约二米半，是个四面通风的开放性舞台，周围则常会种许多树，所以，不祈雨的时候，是个绝佳的乘凉所在。

点认为，跟着一堆没有心机的少年，河中浴罢，穿上今春新缝的春衣，跑到祈雨用的舞台上感受春风的吹拂，（啊！想想那些浃髓沦肌的，来自流水、新衣和清风的美好触觉！）然后一路唱些歌儿回家，此乃人生至乐。

点跟翁森的时代差了一千五百年，但翁森仍然向往着那条湛湛清江以及那一阵一阵吹向舞雩高台上的煦煦春风。

——只是，对我而言，我却别有渴望，我想看看沂水之畔的那座疏朗的舞蹈之台，那个专为"拼经济"而建的舞雩。年年，为着向上苍祈求时雨，以足衣食，乡人在其上诚心献舞。他们用怎样的身姿怎样的眼神，怎样颤抖而虔敬的肢体向天神切切祷祈？他们的态度想必卑顺，因为有所求——但也想必理直气壮，因为粮食本来就是天下之人共同必须得到的恩惠。这其间，可以有无穷的想象。

（二）人体，加上牦牛尾巴

在都市里，舞雩消失了，取而代之的是"戏剧厅""音乐厅"和"歌剧院"。

舞不再是跳给神看的，它是跳给市民看的了。而我仍爱着那个字——甲骨文中的"舞"，它写成这样：

其中有点像"大"字的部分其实就等于是"人"。古人造字那时代的思维是，天大地大人大。人，顶天立地，天生就伟大。至于人左右手上吊着的那东西，文字学家认为是牦牛尾巴，用来加强手势动作。

如果我们把这个"舞"字当写实性的图画来看，就不难发现中国人（或扩充为亚洲人、东方人）的腿胫相较于欧西之人，可说不太长。我们的舞蹈表情常集中于手臂、手腕和手指上，那对可爱的牦牛尾巴则助长了手臂肢体的夸张和挥洒。

牦牛尾巴粗大强壮，舞动起来想必虎虎生风，充满农业人民的刚健的肌肉力道。

相较于魏晋人物手执白玉柄的麈尾互作清谈（哎！而且，由于手指白皙透明，以致手跟白玉柄都分不出来了），则后者只能赶赶苍蝇，掸掸灰尘。唉！上古舞者挥动的牦尾才是向上天呼风唤雨的大意志力。

（三）古人小孩的"全方位教育"

古人小孩上学，家长不必另外送孩子去才艺班学芭蕾，学校课程中就包含了这一项，《礼记·月令》篇中提到：

入学习舞

听来令人羡煞。

古人成语中还有个"舞勺之年"[1]，指的是十三岁，因为十三岁（等于现在的十二岁）先学"初级班的舞勺"。等到"高级班"，学的叫"舞象"，加上射御。

---

1. 出于《礼记·内则》。

别瞧古人不起，古人也很懂"全方位教育"呢！（不过，顺便说明一下，古人的小孩教育并不是全民的，受完整教育的是贵族子弟，其他的家长要自己想办法。）

（四）跟动物差不多的行为，恐怕是更好的

年轻的时候，常以为既然"人之异于禽兽者几希"，则这个"几希"十分可贵，值得去努力追求。所以，弹钢琴是好的，背唐诗是好的，练书法是好的，去考大学当然也是好的……因为这些高雅行为，动物都不会……

不过及至老了，回头一看，跟动物差不多的行为，恐怕是更好的。例如小鸟懂得正常作息，懂得什么时候该起床，什么时候该睡觉。穿山甲懂得用鳞片保护好自己。大老虎懂得辛苦觅食来喂小老虎……动物跟人类类同的行为，好像更应该去好好效法，这叫"礼失而求诸（之于）野（兽）"吧？

我在《列子》一书中看到"瓠巴[1]鼓琴而鸟舞鱼跃",觉得极美极慑人。其实,不用音乐,公鹤自然就会跳舞给母鹤看。跳舞,是人类几乎要失传而动物尚懂得的美学。

但愿未来的新人类少玩手机多起舞,身体的,和心灵的。古书中有"舞人"和"舞子"这类的字眼,但愿"智极反笨"的世人能恢复自己成为舞之人、舞之子的身份。今日的舞之子也许不再求雨,只求有另一番自己,能从习见的日常的身体中蹦出来,蹦向风,蹦向海,蹦向挟着歌声而远跨长空的虹霓。

(二〇一九・二)

---

1. 古代音乐家。

"给我一个西红柿!"

"给我一个西红柿!"
说话的,是一个小男孩
他拦在山村的小路上
不是哀求　不是乞怜
更没有语带威胁
他只是一个五岁的小男孩
刚掉了门牙的童音
听来有几分空洞痴骏
"给我一个西红柿!"
可是,行路的人,出门在外
谁又会身上刚好带着　一枚西红柿

所以，他两手空空

风里　雨里

始终没讨到那枚　西红柿

"给我一个西红柿！"

乡间的小路上

暗暗的月影下

他的脸色枯淡——急待——

一枚西红柿来为他的两颊

添点血色

啊，小男孩　小男孩

我有西红柿

红艳圆转　滴溜可爱

我有西红柿

酸甜粉嫩　斗量车载

然而幽明异路　我不知要如何　捎带

山长水阻　谁能帮我拎去　西红柿一袋

谁能蹲下身来　把一枚西红柿

为小男孩亲手掰成　两个小半块

呀！小男孩　小男孩

那么小的小男孩

其实魂魄无胃纳

如今应该　吃喝不再

吃喝虽不再

我此刻所能做的　似乎也只是

拉着你的小手

陪你在路边　徘徊

一同向来往的行人　告哀

请问

大叔　大婶　爷爷　奶奶

你有没有　你有没有　一个西红柿

可以送给这一个　这一个　小小孩

小小孩　他对人世还不解

小小孩　他只觉事态太奇怪

为什么只吃了一口西红柿　就成了鬼

小小孩　做鬼也饿坏

过往南北的仁人君子啊

可以吗？可以吗？舍一个西红柿

舍一个西红柿　给这小小孩

一个西红柿　没有洒过农药的

吃了不会死人的　那种西红柿

你有没有　如果有

给他吃一口

他就会甘心离开人间　往天堂走

啊　小男孩　小男孩

不知自己早已是鬼身的　小男孩

站在多风的路边　耐心等待

等吃一颗生前没吃到口的

纯洁无毒的　西红柿的

小男孩

后记：

他是个小男孩，姓高，六岁，家住河南，啊，那是二十多年前的事了。

他跟父亲去邻村走亲戚——亲戚家种了西红柿，他摘了一个，攥在手心里，然后跟着父亲回家。父亲骑着自行车，小男孩坐在后座，可是，在一个路口上，小男孩却跟父亲说：

"爸爸，爸爸，有个小孩跟我要西红柿！"

父亲觉得奇怪，停车四顾，却不见人影。于是又跨上车，继续走，但小男孩又说话了：

"爸爸，爸爸，他还是跟我要西红柿！"

爸爸一怔，说：

"哦，那，你就掷给他吧！"

回到家后，父亲向邻村的人打听，知道那地段埋着一个夭亡的小孩，小孩死了好几年了，当年是吃了含有剧毒农药的西红柿死的……

自行车上的小孩跟野坟中的小孩我都没见过，是从朋友送的一本书上看来的，那本书叫《身体的乡愁》，这篇文章是用纪实的方式写的。

故事说到这里，聪明的读者会说，噢，原来说的是个鬼故事——而且还是个不起眼的小鬼。

但我却不认为那孩子是鬼，他只是一个"番茄精灵"。孩子死时太小，语汇不够丰富，他只会傻愣愣地说一句：

"给我一个西红柿！"

当年他本来打算快快乐乐吃一颗鲜红的西红柿，他不明白为什么一口咬下去,自己就死了!唉,爸爸、妈妈、爷爷、奶奶、大叔、大舅,能换一颗给我吗?纯洁无毒的,受大地祝福的西红柿。

唉,那小小的无害的"番茄精灵",站在路边,其实是在布施,布施他的悲怜故事啊!他想说的是:

世人啊,别再毒了,土地毒死了,虫子毒死了,我,也遭你们毒死了,你们,迟早也会给毒死。我这种"遭人下毒"是"快毒",你们"遭人下毒"是"慢毒",两个结局都是叫人死。然而,不毒,可以吗?不毒大地,不毒虫,不毒人——我们真的回不到一百年前去了吗?一百年前,人类不受化学毒药残害的生活,就这样没有了吗?

"给我一个西红柿!"

站在路边,他不断地提问,那个小孩,那个小小孩。

(二〇一六·十二)

唉,我的小妹子

写给赤县神州黄土地上荷锄兼荷笔的女诗人,
知名的,以及不知名的

(一)

啊　小妹子　小妹子
我的好小妹子
一早上,也不怕日头忒大
你蹲在田垄上干什么?

(二)

我在掐花
今天早上才开的三朵
黄艳艳的玫瑰花
可真还不好掐呢

它偏偏长在一蓬荆棘底下
等到明天，它就不好了
我得趁今天把它掐啦

（三）
哎哟　我说小妹子　小妹子
我的傻小妹子
你都不怕疼吗？
这玫瑰明摆着长在荆棘丛下
皮破血流难道你都不怕？

（四）
唉，怕也是怕
要杀　要剐　都由它
但只要人不死　伤口总会来结痂
而且，这朵玫瑰花
它分明就是我的
我可不要它遭风吹雨打

（五）

这朵玫瑰生来该咒该骂

是玫瑰就不该厕身荆棘丛下

是玫瑰就不应自贬身价

（六）

哎呀呀

不是玫瑰倒霉生到荆棘里去

而是荆棘有幸

居然抽长出玫瑰花来

而且，还让我刚好有幸看见它

我就想跟它相依相偎　带它回家

从此　我就有一张给玫瑰花

摩挲过的不老的脸颊

从此　我就有了一肩让玫瑰花

熏香过的不凋的青发

（七）

唉　小妹子　小妹子

我的白痴小妹子

你你你

你掐什么朵来　摘什么花

我劝你把自己的命运来算掐算掐

三朵玫瑰花值个什么价

你只要随便对哪个男人抛媚一笑

他就会送你玫瑰花一大把

（八）

呀，

姐啊，姐啊，你　罢——罢——罢

天地自来够宽　够大

笨　且由我来笨　傻　也随我去傻

我就是要掐下这三朵不容易掐的玫瑰花

美丽高贵的戴安娜

披着云絮般的白纱

去把大英帝国的王子来嫁

和她相比　一个蹲在乡间田埂上的

一心想掐花的

女乡巴

哪一个更笨

哪一个更傻

哪一个更瞎

哪一个更被命运践踏

哪一个更遭劫数打到趴

（九）

哇！

（十）

哇！

（十一）

你看你看，你这小妹子不听话

白搭我说得口干舌麻

总有一天教你戳到十个指头都是疤

（十二）

就算全身是疤，我也没在怕

鲜血滴滴　渗地而下
也自是另一朵没人能解释的奇葩

后记：

L带我去配眼镜，在成都，店家说三个小时以后可以取货，L于是建议我去她朋友开的小茶馆喝免费的茶。

茶馆是M的，卖茶兼作设计工作室，那天闲聊了一下，眼镜也就好了。在这段时间里我跟L谈及湖北农妇余秀华的诗，她说，甘肃还有个汪彩明呢，这些女子，像土豆，她们自己把自己从泥土里掘了出来。

隔天，因参与"民国先生博物馆"的开幕，我有安仁古镇之行，旅邸静夜，遂成此诗。这诗，用以向远方的我所不认识的女诗人致敬。

诗中选用丫（a）韵（读作"啊"），我想这是人类最朴素最古老最土腔土调的一个韵脚吧？又用了一个北方人口语中的"掐"字。今人（特别是南方人）常以为掐是"掐人"，其实这个动词的受词应是物，而工具则是大拇指的指甲，例如"掐菜"。有些人专爱挑好物来自我享受，被形容为"专爱掐尖子"（指截取幼嫩精粹的部分）。张可久的元曲中竟形容新出的月牙儿为"月半掐"（只有指甲可以掐出弯钩状，刀子是切不出月牙儿来的）。

至于命运和"掐算"之间的关系，则是因为旧日"算命"常属瞎子的"保障职业"。他们以拇指来按键，按在自己其他四根指头的十二个指节上，去细算天干和地支，并算出别人的命运和流年。手，就是他们的随身携带的小型计算器。

全诗尽量口语化，适合朗读。

（二〇一七·十一）

辑二

请看我七眼,

小蜥蜴

回 想——我爱上一个家伙

我爱上一个家伙,这件事,其实并不在我的计划中,更不在我父母的计划中。

只是,等真相毕现的时候,已经来不及了。

这家伙的名字叫作——文学。

九岁,读了一点《天方夜谭》,不知天高地厚,暗自许诺自己,将来要做一个"探险家",探险家是干吗的?我哪知道!只觉这世界有许多大海洋,而东南西北许多大海洋中有许多小岛,每个小岛上都有岩穴,岩穴中都密藏着红宝石或紫水晶,然而,我很快就想起来了,不行,我晕船,会吐。

然后,我发现,我爱书,只要不是教科书的书,我都爱。当然啦,教科书也得看看,否则留了级可不是好玩的，那年头老师和父母都没听说过世上竟有"不准体罚"的怪事。

母亲希望我学医，她把书分两类，一类是"正经书"，就是跟考试有关的。另一类是"斜撇子书"，那就是什么《卖油郎独占花魁》那种。

有后辈问我读书目录，天哪，那是贵族的玩意。我十一二岁时整个社会都穷，一个小孩能逮到手的就是书，也不管它是什么路数。一切今的古的中的外的，只要借得到手的，就胡乱看了——然后，我才知道，我爱读的这些东西，在归类上，叫文学。

喔，原来，我爱上文学了。

十七岁，我进入东吴大学中国文学系，这间大学的文学系比较侧重古典文学，我居然选不到"小说"课，因为没开。有位教授本来说要开的，后来又没开，我跑去问他，如果开，教什么？老教授说会教《世说新语》。那位老教授名叫徐子明，终身以反白话文为职志，曾有"陈胡[1]两条狗，'的（读ㄉㄧ）''吗'一群猪"的名句。

---

1. 陈指陈独秀，胡指胡适之。

我只好自己去乱摸索，在系上，"文字学""训诂学"是显学，我却偏去看些"敦煌变文"及"宋元杂剧"或"三言二拍"，照我母亲的说法，这些也都属于"斜撇子书"，上不得台盘。有机会，我也偷看鲁迅、钱锺书和冰心，看禁书别有令人兴奋的意味，但我觉得比较耐读的其实还是沈从文。

我自己也开始写小说，并且在六〇年代，东吴中文系终于开了小说课程的时候，我是第一个去教小说的讲师，一教便教了三十年。那时候，课程名称叫"小说及习作"，却只有两学分，只开在上学期，我必须讲古今小说，还要加上分析并讨论班上学生的作品，时间真不够用，后来才加为四学分。

我自己的小说写作，难免有一搭没一搭的。然后，不知怎么回事在一般人心目中，我便成了散文家了。其实，我也喜欢小说和诗歌的。

有一次，有个朋友，名叫陈鼓应，托人传话给我说：

"你是有才华有思想的人，不要浪费你的时间了，应该去专心写小说。"

咦？我忍不住笑了，散文是留给没才华没思想的人写的吗？

我既然爱上"文学"那家伙，就爱它的方方面面，所以，连戏剧连儿童文学乃至文学评析都爱。

但我最常写的却是散文，后来回想起来，发现理由如下：

六〇年代在台湾写现代诗和写现代小说的作者，必须半文半武。换言之，他们只能拿一半的时间去写作，另外一半的时间则用去打笔仗。光为了两条线，究竟该作"横"的移植，还是该作"纵"的继承，就吵得不可开交。诗界吵得尤凶，诗人似乎容易激动，就连出手打架的事也是有的。那时大家年轻气盛，觉得诗该怎么写，岂可不据理力争！这是有关千秋大业的事呀！好在，这些都跟政治无关，只是纯斗嘴。当然，斗得厉害的时候，有人竟从明星咖啡屋窄窄的楼梯上滚了下来——好在当时大家年轻，没听到骨折那种事……

到七〇年代，版画家李锡奇有次说了一句发思古幽情的话，他说：

"我们从前，吵来吵去，都是为了艺术。而现在，大家各自去开画展。见了面，不吵了，反而只是互问：'哎，你卖掉了几张？'"

他说着，不胜唏嘘。

我听了，也不胜唏嘘。

他说这话的地点在"我们咖啡屋"，这间七〇年代所开的地近台大的咖啡屋是我挂名为董事长的，事实上它更大的功能是兼作"文艺沙龙"。

我生平很烦吵架，连听别人吵都烦。打笔仗，也须斗志。我这人缺乏跟人吵架的能量。像鲁迅那么爱跟人吵的人，在我看来真是既无聊又小气，已经近乎"没出息"了。

我看不顺眼的事，顶多酸酸地挖苦几句，便走开了。叫阵的大嗓门我是没有的——虽然，后来，我以"可叵"来"变脸"，写过些杂文。

我不想卷入争斗，不知不觉就去写了被陈鼓应视作没才华没思想的人才会去写的散文。

应该这么说，当年的"诗""小说""绘画"，是在"激辩"和"激斗"中摸索出他们的"现代化文艺"的"打球规则"。而"散文"和"舞蹈"则是没费一兵一卒或动一干一戈，自动就完成的。散文界不吵架，大概跟"散文家性格"有关，舞蹈则跟"林怀民的强"有关。他七〇年代才回台且出道，一曲《介之推》（其实,是叫《寒食》)跳下来,谁能不侧目?仗不打自赢——但古典芭蕾也并未因此消灭。

可是话又说回来,躲着小说和诗是一回事,小说毕竟是文学的一个面目,我其实也挺爱它的。而且,我的小说作品虽不多,我的散文、我的戏剧和我的诗、我的儿童故事、我的讲演……在在都充满小说中的叙事手法,我其实是个爱说故事的人。

电影《芭比的盛宴》中的男主角向他一度爱慕却一别三十年的女主角说:

"这些年来,我没有一天不在想着你。"

没写小说,或说,没太写小说,不代表小说没在我心里。

"烽火连三月,家书抵万金",谁能说它只是一句唐人的近体诗呢?其中岂不藏着一位好导演可以拍上两小时的情节吗?

文学世界里的价值是可以互相兑换的,像黄金可以换珠宝,珠宝可以换现金,现金也可以换支票,支票可以换成提款卡,形式不重要,重要的是,它价值多少?

后记:

有人要我说说我三十岁左右的文学生涯,不知怎么回事,我写着写着,竟写成了一部私密的文学恋爱史了。

(二〇一八·九)

谈到写作，最重要的是——

二十年前，有个外文系出身的女博士，刚从美国学成回来，她问我一个常有人提起的问题。

她说："写作，最重要的是先天的天分呢，还是后天的努力？"

她问的问题很简单，而且，我怎么答也都不能算错。但我却觉得要好好回答可也不容易，这有点像问人："要活着，吃饭重要，还是喝水重要？"

当然喝水重要，因为三天不吃饭死不了，但三天不喝水，或者，至多熬到四天吧，人就完了。

但是只喝水不吃饭，除非，你身秉特异功能，否则又能熬几天？

如果有人用上面这个问题问我，我一定会作如下的回答："这两个都重要——不过，要活着，最急的不是食物，而是空气，你缺氧几分钟就挂了！其次是睡眠和水。"

那天，我也循着这条把话"转向第三方答案"的定理，我说：

"你问的两件事都重要，但都不是最重要的条件。"

"那么，最重要的是什么？"

"是 Passion！"

因为她刚从美国回来，嘴里难免夹些英文，我也就说了一个英文词。

Passion 这词要翻成中文好像不是太容易，翻"热情"，翻"激情"都对。此外，它也有宗教上的意涵。但我觉得用在文学方面，"痴狂"两字或者更传神。

当然，话又说回来了，搬出 Passion 这答案，我并不算"顾左右而言他"。但要验证其人之痴狂与否，只要看他是否经常不吃不睡不应酬不想钱而只专注于创作。

受苦多，报酬少（甚至没有报酬），Passion 虽是内在的燃力，但一定会表现于外在的勤奋和奋不顾身上。

而这番受苦，常人是绝对耐不住的——能耐得住的那人想来一定从那些磨难中得到极大的喜悦，所以甘之如饴。

而这份"甘之"，你或者就可以直截了当称它为"天才"或"天之禀赋"。

曾有位音乐小神童，幼时练钢琴，弹到手指发热红肿，于是，停下来，把手浸泡在钢琴旁边的水桶里，水凉，浸到手指不再疼热，便继续再弹下去。

这其间，小男孩也许性格上坚忍卓绝，但他小小的耳朵里，必然能分辨，那天下午自己弹得比那天早上"好太多了"的那一点差异，这事会令他喜悦，这个能比较出高下的耳朵，便算是天分了。

所谓天生之才，所谓努力以赴，所谓痴狂如醉，他们之间的分别原也不十分清楚，测IQ容易（其实也不太容易），要说文学禀赋，就很难测试（虽然也不是完全测不出来）。

"常人如你我，"我对来人说，"只好相信自己还'颇有几分才'，并且努力维护此'才情'（才情一词，颇耐人寻味，却很难翻译，可说成'才分加真情'，亦可说成'才分加热情、激情'），总之，中文很少说

'才'(也有,例如'才子''才女''才高''才拙'),要赞美人,与其说'此人有才',不如说'此人有才情''此人有才华''此人有才气''此人有才具'。但我认为'才情'也像一切的'情',要好好地'维护','维护'了才情,加上你刚才说的'后天努力',套句文言文常爱用的句子,'则庶几矣',也就是说'就差不多了啦'!"

"为什么说'就差不多了'呢?为什么不说'一定马到成功'?"

"哎,你说的,是'美式广告词'的语气,大力水手吃了菠菜,就立刻无坚不摧,俊男开了台新车,美女就一定投怀送抱。但一个有才情又努力的人,能不能成为好作家,写出好作品,并且广受欢迎,甚至能传世,天哪,这却说不准呢!"

"喔!"新博士像是明白了,又像是更困惑了,"你是指,要把'命运'因素也加进去吗?"

"哦!我不谈命运,因为这件事太难谈,我也不懂!但我要声明,我说的不是一般人说的'个人命运',个人的生辰八字或紫微斗数那些——我说的是时空,是那整个时代加整个地域。如果时空不好,你连活都活不下去,就算活着,也活得不成人形,要奢谈文学创作这件事,就难了。"

"对了,你刚才说'才情要维护',请问'才情'是可以'维护'住的吗?"

"我认为可以,但不容易,人要天真要纯洁,不要世俗市侩,却也不是幼稚不谙世事。要善良要认真,但也不是老好人,必要时也要跳起来骂人!才情很可能因为年纪大了,现实了,江湖了,老油条了,麻木了,就消失了——所以,要自己小心!"

年轻的女学者称谢而去,后来二十年中,在某些场合我们也会偶逢,她不再追问我这个问题了,也许她对我那天的回答已了然于胸——也许,她已另外追索到更好的答案,我就没再跟她谈起这事了。

(二〇一八·十一)

我爱听粤语

久久没听到粤语,心里就难免会有那么一点小小惆怅。粤语又怎么啦,难道它令人上瘾?唉,粤语不怎么,但它字字铿锵,如金石掷地,句句如裂帛之了断畅扬。一堆广东人说起话来,直觉如千军万马环伺,又如闻打击乐团,锣鼓铙钹一大堆,鞳然一声大作,既壮观又壮听。其间中原地区失踪了八百年的属于古汉语的入声字一粒粒蹦出来,棱角分明,令人惊艳!

我父母的语言里没有入声,但说起话来却也历历分明到近乎咬牙切齿。我的祖籍是徐州,我平日也不说徐州话,只在有必要的时候端出来亮两下子。我的子女则半句也不会说,这事等我乍然想起,儿女则早已过了三十岁，很难再学"母之语"了。唉，其实，印象里，那早已是他们外公外婆的语言了。早知如此，当初应该找个同乡来下嫁。这话今天说，听来有点像自大，像是自己条件多好，爱嫁谁就可以嫁谁。不过，孰不知五十年前女生行情俏（由于那时代的异常大迁徙，忽有六十万男丁入台），女孩子几乎可以想嫁什么人就嫁什么人。

如果嫁了同乡，就可以天天在家里说老家话，久而久之，小孩自然会说。但既嫁了湖南人，则他家的长沙话不传，我家的徐州话也不传，也真算是一憾。

在香港的广东人真是得天独厚，他们比在广东的广东人更大剌剌地享受着他们自己的"语言权"，在广东的广东人六十年前就已经乖乖地学起普通话来了。在台湾的广东人则只能在"同乡会"里逞"一时之快"，在香港的广东人却一径大声地说着孙中山说的话。在香港，比较可怜的是客家人和潮州人，他们的语言不断跌停板，比英语的气势还不如。连带地，港九的客语教堂和潮语教堂也都受些影响。

唉，扯远了，咱们回过头来再说广东人和他们的入声字吧！

广东人说起入声字来不费吹灰之力，不像"说"出来的，倒像从口腔里自己蹦出来的！他们连说三个"得！得！得！"像机枪上膛，连射连发，理所当然，沛然莫之能御。当然啦，你千万别拿赵元任的什么"施氏食狮史"去烦这些"南蛮子"，否则你就准备聆听一曲《耳朵受难记》吧！你自己白目[1]惹来的，怪谁！

广东人的舌头不是用来发卷舌音的，连"舌头"两字，他们也念成"协逃"呢！

除了发音，广东人特别忌讳同音字，大概古时候认字的人不多，人际沟通凭的是耳朵而不是视觉，听来好听的字，如"橘"，就有等同"吉利"的身价。反过来，如果你去市场买猪舌牛舌则一律买不到，"舌"的发音和"蚀"一样，人家正吉利地做着好生意，你怎么可以说什么蚀本的鬼话呢？那——如果不叫"猪舌"，叫什么？当然是"猪脷"啦！广东人是最早发明"一切拼经济"的族群。

依此类推，猪肝也不是好字眼，干肝同音，干巴巴的可不好，当然要改为"猪膶"，这事大家同声同气，

---

1. 闽南语，指"不识相"。

不需立法来通过。你若过年时节在粤菜馆看人家卖腊肠,应该知道,那就是猪肝加肥肉做出的美味香肠了。

广东人又忒爱造字,字典上有时也就默认了那些创造,例如人工水塘叫氹,字典上说它读作"凼",而凼的注音是"干"或"汉",但在生产此字的广东,读它作"潭"(尾音收 m),此字造得不错,看来是一片大凹陷的池子里贮着满满的水。

不过,广东人其实还有更"得意"的自创字,但广东人说的"得意",跟"春风得意"那种真有所获的名利方面的"实质得意"不同,粤语的"得意"指的是"得其意趣",近乎"得趣",比较高雅。当然,如果有娇娇女说"几得意 vol!",则其意又近乎"多么可爱哇!",略等于台湾女孩说"卡哇伊——捏——"(日文"好可爱喔!")。但日文毕竟是东洋话,以后有空再来说它,此处且按下不表。

广东人造的字中更"得趣"的字是什么呢?例子说来极多,我且举两例,其一是"奀",其二是"孬"。根据辞典上的说法(辞典又是根据一本叫《觚賸》的书),前一个字读作"茫",后一个读作"蟹"(上声),但后面这字现在已没听人在说了,故没法求证。前面那字现代港人读作"恩"(收 m 音),不知是书错了,还是港人错了。我相信应该是书错了!这两字前一字是指人"瘦小",后一字指人"矮小"。此事说来十分幽默,港人只承认自己"不胖大"——但我可并不瘦小。当然也不承认自己矮——我只是"不高"而已。

知道我对"奀"字有兴趣,朋友便推荐我去"麦奀记"吃云吞,想来这位百年老店的创始人当年就是个小瘦子。我于是真的跑去了,为了"麦奀记"那块有趣的招牌。味道嘛,也算不俗,我且学会了一句"奀挑鬼命"的骂人成语,可惜一直没找到可骂的人。

春天,我会想南京的野菜马兰头、荠菜、菊花涝、芦蒿……秋天则念着杭州的香榧子,台湾最香美的味道来自七月的芒果,但此刻,在静静的夜里,我想聆听的是热热闹闹自成一"圩"[1]的广东话。

(二〇一五·二)

---

1. 粤语,指"热热闹闹地赶集"。

趋

那天,二千五百年前,鲤,孔子的儿子,在家里,在庭院中,狭路相逢,遇见他老爸。他就低着头小跑步闪过去。《论语》里用的动词是"趋","趋"是那个时代晚辈对长辈或卑者对尊者的"标准动作"。(鲤倒不是为了躲他老爸啦!)因为大摇大摆或晃来晃去都是不对的,而小跑步的"潜语言"是:

"你很大,我知道这里是你的领域,我,不好意思,撞了你的面,我本不配和你一起出现在同一时空。不过,你放心,我会很快就在你面前消失的!请把我当作一只无害的小老鼠吧!"

除了碎碎的小跑步,其他附带的外观是羞赧的,仿佛小孩刚做过小坏事似的表情,低眉,一抹比"微笑"更"微"的"小微笑",内敛的、收缩的、略感抱歉的、不知往哪儿放的四肢……

这些动作,加起来,叫"趋"。但你去查字典,是查不懂的,字典是好东西,但失之"愣",它只会告诉你:

趋,走[1]也,从走刍声。——《说文解字》

但,那算个什么解释啊!

当然也不能一竿子打翻一船人,众辞典中有一套大陆编的《汉语大词典》,倒是在多条解释中有此一条:

"古代的一种礼节,以碎步疾行表示敬意。"

我敢说,如果有位华人导演,指定一个十八岁的华裔青年来做这"趋"的动作,则这位华青无论来自香港、台湾、上海、广州、吉隆坡、马尼拉或洛杉矶,他都会做得荒腔走板,连着NG十次都没办法完成……

当然,其实,很可能,很不幸的,导演自己也不会做这个动作——而且,搞不好,他连世上曾存在过这样一个动作的事也不知道……

---

1. 古人的"走"其实是"跑"的意思,闽南地区的语言犹保留此义。

什么时候，华人连自己的动作也居然不会做了——可是，你若叫他去"耸美式肩膀"，他倒挺内行的。

我认识的明星不多，不过，如果我是导演，我大概会去指定韩国的大长今来做这个动作。哎哎，这是什么话呀？华人都死光了吗？怎么全是韩国人的天下？"三星"遍世界也就罢了，怎么华人连个"趋庭"的动作也做不来了？我们的动作竟从我们祖先遗传的身体里离奇地出走了？我们满世界去捡别人的肢体、别人的动作，而我们自己的肢体语言却消失了！

但我说大长今适合示范这个动作，那话是瞎扯的。李英爱其人虽颖悟，她的眉眼五官之间虽蕴含古代中国女子的约敛之美，但"趋"的动作却不是她该做的。她就算做对了，也不十分对盘，因为这动作基本上不是女人的动作，它是男人的动作。

古代妇女的生活里虽充满了"敬语"或"敬动作"，但"趋"这个"敬动作"却不属于女人，它是男性权力世界中一项小小的，却十分重要的运作规则。它不单属于男人，而且，相对而言也比较是"台面上的男人"才玩的或"被玩"的动作。换句话说，这简简单单的一举手一投足，你若身为女人，还真不配做呢！媳妇对婆婆，或者勉强啦！

孔子偶尔也对低卑的人或年轻的人做这个动作，那是在特殊场合，说白了，就是碰到丧家和残障人的场合。死亡和残障本身并不伟大，但看到承当此苦的人却令我们心中恻然肃然。好手好脚或好命的人，心理上似乎应该要对受苦者存三分歉意，"敬动作"于是不知不觉便做出来了。

"趋"这个字形在甲骨文文献中是没有的，金石文也没有，要待到东汉的《说文解字》的小篆才看到。

当然，《说文解字》等于是字典，它只负责归纳前人的字，并不是说"趋"字自此书完成才开始使用（其实，《诗经·齐风·猗嗟》里已有这个动作）。而且，我说甲骨文没有此字，其实也不准确，因为指的是此时此地尚不知甲骨文中有此字。可是，说不定明天就有位权威学者跳出来，说，在商朝，就有此字出现啦——根据新挖到的甲骨片。

而且，就算殷商时没有此字，也不意味当时还没有这个动作。

这，也就是说，一个民族，要等文化更成熟些，一切体制运转得合轨合辙些，才会发展出一套字来形容自己那些有意无意的行为方式。

到底这个动作在中国的土地上做了多久？我认为，"趋"字和它的特殊含义至少在东周已有了——而这个行之三千年的古代肢体动作，好像就要很奇怪地断绝在我们这一代的手里了。

我当然无意叫大家都来学习并恢复这个动作——但至少，也要知道一下吧！

（二〇一五·六）

一部美如古蕃锦的《花间集》

谈千年前,蜀中的"远域文学"

在彼岸,有人要找我出书,这件事,听来是好事,但过程并不尽然愉快,问题出在书名——他们想要的书名,我不想要;我想要的书名,他们不想要。

这样争来辩去,令我不胜其烦。本来我的书我取名,这事岂不天经地义?但我也了解,书对我而言是作品是心血,但在出版社却不能不考虑市场。说白了,就是,钱。这个书名,必须让人愿意掏钱出来买,我取的书名他们不中意,应该是觉得我取的书名缺乏"可赚钱思维"。

唉,此事虽烦,我仍本着我一贯的原则温和对待出版商——因为,我认为,他们毕竟是好人——至于坏人,坏人才不来跟我穷蘑菇呢,他们斩而不奏,大胆直接出书,料定我没闲工夫去追杀他们。这样的坏人以前至少占百分之七十,现在,则占百分之二十。

在线上吵来吵去,对方忽然说了一句真话(这句话如果说在五十年前,恐怕不得了),对方说的是:"不管怎样,就是要小资!"

我虽然气他们,但对方说话如此诚实,也算是快人快语,令我终于搞清楚关键所在了。以前的编辑,话不肯直说,什么为年轻世代着想,全是鬼扯。

好吧,小资就小资,谁怕谁,但我一贯的美学就是要古典醇雅,古典醇雅和小资搞不好也还是可以找到交集地带的。

我有个十分聪明的朋友,是"谈判学"权威。他说,谈判的要义在妥协,在双赢。谈判也成了学问,唉,这是二十世纪的人没事找事干。其实家家户户提着菜篮上菜场(也算是一种战场吧?)的家庭主妇,哪个不是谈判高手?哪个不懂得讨价还价彼此妥协,谁不是努力达成"双赢"?

好了,话扯远了,结果是,我和出版社达成妥协,他们终于同意我另取的某个书名……

我要说的是，雅俗或者可以共生，而其实，我的灵感是从一本一千年前的书上得来的，那本书叫——《花间集》。我一度为那本书十分着迷，在大三那年。那本书可谓是十分古雅又十分俗艳，我迷它大约迷了十年。

近年来有一组奇异的电影系列，叫作"他们在岛屿写作"。其实，一千年前，在蜀地，就有一批人，"他们在山的那一边写作"。他们的集子便叫《花间集》。

《花间集》是一本词选，编者是后蜀的赵崇祚。作者十八人，其中两人是中土晚唐的温飞卿、韦庄，其他十六人都是五代时期的人了。《花间集》共选了五百首词，如果平均言之，十八个作者每人可获选二十几首，但编者独厚温庭筠，他很大动作，一口气选了六十六首，并且把他放在卷首。也幸亏他有此行动（算是"尊中原"吗？）才保住了温氏的词作。温非蜀人，又非五代人，却是词坛的"精神领袖"。温氏作品散佚得厉害，如果不靠边远地区的收录，那些婉媚沁人的词都不知死到哪里去了！

编者赵崇祚可谓心胸宽大，他也选了李珣的作品，李珣其实是波斯血统。

"花间"可谓"小资"，但"花之间"虽云十分浪漫，却不失其天真质朴。后来仿效的《尊前集》就有些做作了。《花间集》历来有其历史定位——虽然，敦煌资料出现后，《云谣集》取代了它原先的"文学史上第一本词选"的老大地位，但《云谣集》的质和量远不及《花间集》。《花间集》仍有其不可撼动的崇高。

《花间集》所以享誉一千年，当然其优点并不只在"第一本"，而在它是边远的、乱世的、小确幸的、不怎么家国的、只顾一己之私的男欢女爱的小小面貌，自来论者常说"诗庄词媚"，"媚"的好处常是在"庄"得太多的时候，开凿了那么一点小出路。

即使现在，一千年后，"蜀中"，乃至整个中国西南方，如果要论"快乐指数"的话，也会比"中原地区"显然来得高。

一千年来，赞美《花间集》的文人很多，例如陆游，便推其"简古"，我却独钟某人的一个比喻，说花间词"如古蕃锦"。奇怪的是，我从来也没看过古蕃锦。古蕃锦像壮锦吗？或是像某些少数民族的刺绣？但这三个字却字字清楚。"古"指"雅拙"，"蕃"指"生鲜活泼不守规矩，但富于强大的生命力"，"锦"指"华美富丽"。

唐人韩偓有首赞美李波小妹的诗——其实是多事，人家北朝时代已经有人写过诗了。李波小妹没名（却有字），是李波大哥的小辣妹子，也是个左右开弓的神射手。韩偓忍不住刻意要多描绘她几句，虽然她是个杀人不眨眼的"美丽坏女孩"——其中有句：

李波小妹字雍容，
窄衣短袖蕃锦红。

麻烦的是，这句诗的另一个版本则作"蛮锦"。我想"蛮""蕃"音相近，容易互混（古人没有F这个声部，F常读作H或B、P，闽人读饭作崩，粤人读番作潘）。要是说"蛮锦"，另有一位唐代诗人也用过，此人叫张碧，不出名，只留下十六首诗，但极为孟郊所推崇。他有一首记"游春少年"的诗：

五陵年少轻薄客，
蛮锦花多春袖窄。

从两位诗人的诗句看来，蕃锦或蛮锦应是色泽艳丽、堆花砌朵、繁复夺目、设计大胆的艺术品。适合俊男美女在游春时剪裁来穿，也可制为女战士的马上戎装。跟中原地区的锦绣端庄矜贵，适合穿在庙堂之上的风韵大大不相同。

《花间集》中显示的"山的那一边"的、一千年前的西南地方的"远域美学"，是亦正亦俗、亦艳亦雅的。花间诸词之美，美如逸出中原美学之外的一匹古代蕃锦，对于成长在"海的这一涯"的我而言，也颇有其"停船暂借问，或恐是同乡"的相识相稔之感呢！

注：

汉人有个毛病，凡"非我族类"，也就不必去加以细分了。说越人，便常说成百越。"蕃""蛮"二字古人未必厘得清。《宋史》记太宗淳化四年（公元九九三年），大食（《宋史》称大食为波斯之别种）来进"五色杂花蕃锦四段"，至道元年（公元九九五年）又进了"蕃锦二段"。中国西南部颇受西方如印度、波斯之影响。所以，我个人的解释是，蕃锦，是进口货，蛮锦，是受其影响的本国西南货。两者色彩近似,后者算良性山寨版。淳化四年,宋太宗也只得到"四段",两年后贡的变成"二段",一般人大概不易到手。但也难说,皇室可以得到的贡品,其他或富或贵的"有办法的人"一样可以循商业行为取得。

(二〇一六·五)

垂直中国和我

有人问我说:"咦?你怎么会给《明报月刊》写专栏?"

答案可以很简单:"因为主编找我写啊!"

厉害的发问者会问得更多:"难道主编找你写,你就一定写吗?"

"那当然不一定。"

"这次怎么就答应了呢?"

"因为我觉得潘主编是好人。他是个可以交结的朋友。"

"哦——所以,主编人好你就会写?"有的问得更刁钻。

"也不是啦,好人满街都是……我说的是有境界的好人……"

"所以?"

"嗯……"我沉吟了一下,"恐怕还加上读者好吧!把文章写给好读者看是多么愉快的事啊!"

记得小时候,老师常劝我们要看"最好的作品"。其实,十四五岁的小孩哪里知道什么是好作品。倒是现在,我把次序反过来了——完成了作品,常记得要给"最优秀的读者"看。

"这里面,夹杂着'中国问题'吗?"有人问得极细。

"哦,我的中国和别人说的中国不同。"

"怎么讲?"

"别人的中国是'平面中国',我的中国是'垂直中国'!"

"听不太懂。"

"也就是说,别人的中国是汽车、机车、脚踏车、动车、快车、飞机可以抵达的版图——我的不是,我有兴趣的东西是用铁锹或挖掘机挖土机直直往下挖,挖一米、两米、三米、四米……那时候,秦呀、汉呀、魏晋南北朝唐宋元明清……就一个一个蹦出来——我喜欢的是这一层又一层的全体黎民的家谱家藏……我要跟人家分享的就是这个。我觉得,明报系统的人思考上比较接近我的'垂直中国''道统中国'。"

"咦?没听说你搞过考古学呀?"

"喔,我不是'物质考古',我是'精神考古'。"我嘴硬,硬往自己脸上贴金。

当然,这些答案,有人满意,有人会问更多——但有一个原因,别人从来没问,我也就从来没主动发言,因为,一说出来一定遭人误会是谎言,我何必没事说些让人觉得是谎言的话呢?我又没在做总统。

下面这个问题,我就虚拟一个问者来问话好了:

"除了以上的理由,你还有没有其他比较特殊的理由想为《明报月刊》写文章呢?"

"有,但说来不知你信不信:我喜欢'明报'的名字。简单说,我喜欢'明'这个字,所以,就写了好久好久……

"'明'这个字的字体结构,自古以来,也就是从甲骨文时代开始,就有两路写法,现在流行的明是'日'加'月',但甲骨文、金文、小篆、隶书、行书都有写成'冏'加'月'的字体。"

"'日'我知道,'月'我知道,'明'我知道,但'冏'是啥?有个女导拍过一部电影叫《冏男孩》,我还以为是个象征符号,描绘小男孩的一副苦脸呢!"

"别人用'冏'是什么意思我不管,但'冏'在东汉许慎的《说文解字》里,如作名词用,是'窗',如作形容词用,是'通明'。"

"所以说,你喜欢的'明',不是'日月''明'而是'冏月''明'?"

"对!来,我写给你看,就这样。"

"为什么要这样写?由'日''月'形成光明,那才正常啊!"

"你想想,暗夜,阒黑,升起一轮月亮,我刚好有一扇窗,小小的,高高的,甚至是天窗。月光投入,我于是有了一小块光明,只有半席大,只容一个人抱膝坐在光中,这时,如果有一本已经读熟了的大字诗卷,就可以在月下展读……

"我承认,光芒万丈、火炽灿烂的'明'字有它的慑人之处，但，此字不太写实，因为日跟月很少同时出现，偶尔同在一个天空出现，月亮也是淡淡若无。至于我自己每次写'明'字的时候，心里想到的画面都是一面小窗，一地幽光……"

"这是你自己在美学上的偏好，跟'明报'又有什么关系了？"

"哎——这是我一厢情愿的想法没错——但我觉得，好媒体、好杂志、好书，都不需光灿夺目、光明万丈，它只是黑暗中幽微的烛照，是温柔的、持恒的、不动声色的、小小的洞彻和通透……"

(二〇一六·十一)

请看我七眼，小蜥蜴

我的朋友方明带着妻儿全家移民到伯利兹，我其实有点愕然。好好的，干吗跑到中南美洲去呢？那是二十年前的事了。

我没问他理由，我猜，大概在那个远方的热带小岛上，有着台湾本来拥有，后来却一一迅速消失的属于大自然的和人性的丰富和天真。譬如说，台湾的云豹没了、鹿没了、水獭没了、老鹰没了，连"不在乎有钱没钱的人"也绝种了……

作为一个艺术家，他会隐隐恐惧这种枯竭，他出走，也许是因为知道，在地球的另一边，另有一副心肝肺腑，等着为他移植，他还另有续集，另有不可思议的人生。

他的日子，我不问也猜得到，很辛苦，也很欣悦，幽微的，"不足为外人道也"的欣悦……

最近，透过书写，方明记录了一则生活中的小故事：那天早晨，他手下的工头急急来报，说有一种罕见的蜥蜴出现了，躲在仓库木材堆里。方明急急跑回家去拿相机来摄影。这种蜥蜴当地人叫它"老头儿"，因为它常爱低着头，一副无精打采的样子（其实它很鬼灵精的）。它更正式一点的名称叫"头盔蜥蜴"，那是因为它的头部有棱有角，而那块皮又特别硬，像戴了钢盔。更正式的学名？据说没有。

工头是伯利兹本地人，工地里，还另有个助理工头名叫"焕"，他们二人都说这蜥蜴很怪，绝少看到——其实，也许因为它们这一支本来就少，也许因为它们赖以图存的某种食物，因环境遭破坏而稀少了，以致影响了它们的生存。还有，如果人类视觉不够灵，这家伙一身迷彩装跟树皮简直分不出来，在森林中行走的人要注意到它的存在可也不容易。所以，不一定是没碰到，就算碰到了，也因自己"眼拙"而错过了。

因为大家都少有机会见识到它，所以难免觉得它十分神秘。根据"焕"的说法,你如果在森林中行走,碰到"头盔蜥蜴",当时若是你一眼先看到它,那就没事——不过,若是它先看到你,那就祸大了,因为它是"有魔法的蜥蜴",如果它连看你七眼,你就会神奇地"消失了"。

哎呀,我读了朋友方明的文章,对那位"焕"的说法十分着迷。噫!真是热带森林里面既惊悚又美丽的故事,令人无限好奇。"焕"也许没学问没金钱,但"焕"转述了一则神秘的古老传说。

人能生存,能息视人间,当然是一项无上的权利,一份上天的祝福。但人能"消失",也是一种机缘,一种奇特的际遇。这种好事,《圣经》上只有两人经历到,一是以诺,一是以利亚。

可是"焕"说的"消失"又是什么意思?也许"焕"也说不清楚,"消失"的是我们身体中的哪一部分?如果人是肉身加心智加灵魂的组合,(这,算是基督教的说法吧!)那么中南美洲森林里的那只"魔法小蜥蜴"能令人消失的是哪一部分呢?

老子说:"吾所以有大患者,以吾有身。"(有个古代笑话,说"老子是女人"——否则怎么会怀孕呢?

他把"有身"作另一个解释，不解作"有此肉身"，而解释作"肚子里有了孩子"。如今粤语和闽南语中"有身"仍指"怀孕"而言。但这种"有学问的笑话"古人讲讲可以，今人哪里笑得出来？）唉，人能有此肉身，原是不得了的大事，却并非出于己愿，而是"身不由己"。除非"剖腹剔骨"以还父母，像哪吒，否则一生一世，都得跟此"身子"相依相随。你要给它吃、给它喝，你要给它排泄、给它歇息。它也许有机会享受美食或男女性事，当它仰泳在清波中，展肢在冬阳下，或迎风奔跃如羚羊，或被紧抱在父母、子女或情人、朋友的怀抱中，那时刻，身子未尝不是幸福的——只是如果它一旦又酸、又痛、又佝偻、又发颤、又发炎、又失神、又失禁……那一切"诸苦"也全由这一副无辜无告的"肉身"在承受啊！

设若上帝造人之时，在脐周设下七八十来个按钮，并各有所司。其中有一个，一按，便可立刻"停止身体运转"或"归零"，想来世间有意伸手去按此键以求"灭身"的人应不下二分之一（也就是说，三十七亿五千万吧！）。

《红楼梦》中宝玉跟黛玉两人常有话说不清，宝玉便说自己要去死,他先说成灰,又加上化烟,因为烟更不着痕迹。但那是古代,人烟稀少,现代人若"人死化烟",也是一番可怕的雾霾公害。这样看来,那尾"头盔蜥蜴"灵幻的本领可就大有用处啦!

呀,真希望某年某月某一日,我走在中南美洲的森林中,当时一缕没给密林挡住的夕阳霞光照在我身上,此刻刚好有一只"头盔蜥蜴"路过,它看到了我。于是,它施展魔法,将我的肉身涣释化解,变成了透明的空气,变成了零。

至于我的灵魂,那"不容销毁"的部分,就让它回旋上升,去依傍那充满歌声的天国吧!

请记得连看我七眼啊!我那身长十厘米的"头盔蜥蜴"小兄弟。当然,你们自己也要小心,因为你们"蜥口稀少",你们可千万不要先自我消失灭种啊!

(二〇一七·十)

"《选》学"和"被选学"

(一) 到清朝,有了一门学问叫选学

在二三百年前,中国兴起一门学问,叫"选学"。什么是"选学"呢?要是听在台湾人的耳里,八成会以为是"选举之学"——但清朝并不选举,那"选学"又指什么而言呢?说来"选学"两字并不高深,只要按现代标点,写成"《选》学",便一目了然。但第二个问题来了,《选》,又是个啥玩意儿呢?答案是,《昭明文选》。选学盛于清朝,我把它算作"考据"一路的。我年少时不懂事,有些不太瞧得起考据之学,好在瞧不起也只放在自家心底,从来没去影响过别人。

直到五十岁以后,才领悟到"考据"其实是"诠释"的手段,没有"考据"就没有"诠释",没有"诠释"就没有"真意"。

《昭明文选》为什么需要"选学"呢?因为这本文选是中国"中古"时期的思维和美学,起自秦汉,早于唐,相较之下比较难懂。清代,我算它是"近古",他们很需要为一部一千两百年前的文献做诠释(或云考据)。但说一千两百年其实不正确,因为那是指"乾(隆)、嘉(庆)距《昭明文选》编选的年代"而言,然而书中所选作品距乾嘉则有两千年,于是就有了"选学"。

乾嘉之学,为某些人所不喜,认为是逃避清廷文字狱的"企图不涉是非"的"消极逃避行为"。不过话说回来,如果在逃避强权之际,尚有经学文学可以经之营之,也算不错了。

(二)古今作家——列队站好等待"选秀"

以上说的是二三百年前的乾隆、嘉庆时代的老事,没想到风水轮转,此事在我自己身上居然也出现了。

在台湾，二〇〇四年后，统一编订的教科书让民营的出版社给取代了，结果百家争鸣，到处都是"选本"，出版社纷纷扮演起评选人，古今作家也一一列队站好等待"选秀"。

按说，此事于我应该是尚有"小利"可图。十年、二十年，乃至五十年前写的文章，一经转载，作者便成了包租公、包租婆。虽然，租金（转载费）低廉，但积少成多，也算一项小外快。

麻烦的是，港台两地的出版商会乖乖纳钱，大陆地区的教科书出版社则尚睁着眼装傻。除了广州，有次遭"正义人士"路见不平跑去嚷嚷，付了一次转载费外，其他各省官方出版社都按兵不动，欠了几十年还欠在那里。

当然，你可以说，昭明太子萧统也没付谢灵运转载费，但人家谢灵运早死了，我却还活着哪！

"遭人选入选本"的麻烦不止如此，最可怕的是他们不知从何处网上抓来的版本，"山谷"可以变成"山榖"，"卜居"可以变"葡居"（想系有人把萝卜简写成萝卜之故），至于"武松"也患了肌肉松弛症，变成"武鬆"。简直把我弄得一愣一愣，真想找个法庭去告状：

"唉！天哪！天哪！我从没写过如此荒诞的字眼啊！"

当年无知的我，此刻才明白"版本学""校勘学"是无比要紧的学问。

这些入选的稿件我如不校，便陷自己于不义；如果要校，便把自己累得半死。

明显的错，出版社一般从善如流，知过便改。但有些争议字便不那么容易说得清，而教科书是动见观瞻的事，作者也没有耍性格的余地。

兹举一例，我写大漠戈壁，既写沙漠，当然离不了"沙"，但"沙"字古人也写成"砂"，教科书则常强调"标准字"（大概便于考试），而作者写作则常凭一时直觉。下面是我对某篇文章中时而用"沙"时而用"砂"的辩白：

"沙"和"砂"，二字基本上是相通的。事实上，"沙"字因出现早，是比较正式的字，而"砂"字只是和"沙"相通用的字。

但有些词，因古人用过，我觉得好像应该沿用，以保持古味。如：朱砂、砂鼠、砂雁、砂仁（中药名）、砂碛。

写戈壁，离不了"沙"，我大部分用"沙"，少数用"砂"。汉人造"沙"字，原是指清清浅浅的水少的河湄处，其底层平铺的那层细沙。但蒙古的"砂"不然，蒙古的"砂"和水不太有关联——虽然，上溯到太古，此处也是海底。唯此时此刻，天干地爽，仿若一铙一钹，随时都可以爆发因互相敲击而撞出的铛然一声巨大脆响。此情此景好像用"砂"才比较写实，才比较有棱棱砾石那粒粒分明的感觉。

我无幸成为"《选》学"学者，却无奈地必须修习"被选学"的学分。

(二〇一八·一)

"欓"这个字

"欓"（欓）这个字，我以前没见过。

如果你去查字典或词典，那，你就要注意了，凡三公斤以下的"典"里是查不到的。换言之，它是个近乎消失的"罕见字"，只存在于大部头的"典"里。

我怎么会撞见这个字的？说来也是缘分，由于我比较爱读古书，常会跟"怪字"交上朋友。说它"怪"，其实不公平，它虽有点难写（指正体字），但很单纯，它的左右都是清楚明白且常用的字。

我遇见它时，它隐身在郦道元的《水经注》卷十六的《谷水》篇[1]里（为了避免有人让文言的文字给吓倒，下面只说大要）。

从前，汉明帝梦见金色放白光的梦中人，有人告诉他，应是西方之佛。于是他便派人去了印度，并且取了经回来。由白马驮着，放进白马寺（此寺以此得名）。但寺很大，放在寺的哪里呢？用今天的话来说，就叫"善藏室"。但，善藏室仍太大，往哪儿摆呢？——请原谅我的"家庭主妇"的劣根性，我不在乎什么什么上人或大师来据经说法，我在乎的是：

"啊呀，这个宝贝，叫人往哪儿搁呀？"

书上也说了，放在"原包装里"，原包装是什么？书上说"始以榆欓盛经"，而"欓"的注解是"桶"，它的读音则是"挡"或"淌"。看到这里，我立刻把那千里迢迢驮来的经典忘了，注意力当下便转到这个字的读音上去了。原来，在台湾，二千三百五十万居民里，大约有一千五百万是闽南人的后代，闽南人念水桶便是

---

[1] 郦道元《水经注·卷十六》引张璠《汉记》："谷水又南，径白马寺东，昔汉明帝梦见大人，金色，项佩白光。以问群臣，或对曰：西方有神名曰佛，形如陛下所梦，得无是乎？于是发使天竺，写致经像。始以榆欓盛经，白马负图，表之中夏，故以白马为寺名。此榆欓后移在城内愍怀太子浮图中，近世复迁此寺。然金光流照，法轮东转，创自此矣。"

念"水趄",我因此认定闽南人说水桶的时候,其实用的是这个很有历史的、很文言的"欓"(正如他们说锅子不说"锅"而说"鼎"),但说的人并不知道那字怎么写。

桶,曾经是很日常的器物,闽南人不但说"水欓",还有"米欓""饭欓""屎欓""卡欓"等。其中"卡欓"用得最多最广,但"卡"是何字却搞不清,我认为"卡"应该是"汲"字,但也有人认为"卡"等于"脚"。

这里面,比较有趣的是"饭欓"和"屎欓",前者和中原语系一样,骂人"只会吃饭,不能成事",后者则是闽南语所独有,骂人傲慢,如:

"他那个人很'屎(此处读作塞)欓'。"

但字典上注明上声的,闽南语怎么是去声呢?原来闽南语一向"擅长于不说'上'声",例如"美""水""讲""饱""改""党""港""粉""米""倒""两""免""点""理""狗""帚""请""饼""比""满""秒""府""斗""胆""等""鼎""短""讨"都变成了去声。

客家人有句话说"宁卖祖宗田,不卖祖宗言",田卖了，还可以再买回来，言语一旦断绝了，就消失了。

我能找到一个两千年前、汉明帝时代的词语，并且知道它在闽南语中活着，真是一件不错的事。连雅堂先生曾经有一本书，叫《台湾语典》，却没搜到"櫋"这个字。能为雅堂先生补遗，已经很令我高兴了，不意附带还发生了一件好事。原来"櫋"除了是"桶"，它也是某种植物的名称，那种植物也叫"食茱萸"。"食茱萸"因为被认为可作药用，所以收在《本草纲目》里。我再查，不料图片也蹦出来了（原本的典籍只有文字方面的形容，网上却有鲜活的彩色照片），我一看那图，不禁惊呼，呀，呀，呀，这玩意儿就是刺葱嘛！

还记得大约三十年前，有一次，在花莲山间溪畔，有人招待我们吃一顿"野餐"，野火正烧着，有盘刺葱煎蛋给慎重地端了上来。呀！我一直忘不了那辛香的味觉，黳黑不辨人的黄昏野溪边，主办单位一再强调：

"这刺葱很稀罕，是少数民族朋友爱吃的哦！"

我后来就常常烦劳友人为我寄些刺葱来解馋。

刺葱是树，我们吃的是树叶，嫩叶上的柔软小刺也一并可食，老树叶就不能碰了。

我一直以为它真是台湾少数民族独享的妙品，查完资料才知道,不对。它也叫"越葱",还说出"闽中江东"也有[1],看来它的分布很广,我以前傻傻的,还拿晒干切碎瓶装的刺葱送大陆来的朋友呢——好在送的都是北方人,北方好像没这玩意儿。

开卷真不错,长好多知识,甚至还知道了"刺葱"这绰号的本名,是"食茱萸",是"欓"。而"欓",这个许慎《说文解字》里不曾出现的字,其实有两个意思,一个是"桶子",一个是"欓树"。后者台湾东部有,俗称刺葱树。想当年,在中古时代,它曾是很重要的辛香料[2]呢!

在北魏时代有位当过官的贾思勰,写了本《齐民要术》,其中有一则教人腌鱼的方法如下:"姜、橘、椒、葱、胡芹、小蒜、苏、欓,细切锻(不是错字,古书上就是这么写的),盐、豉、酢,和以渍鱼。"想来,渍好的鱼,其滋味一定多元且有层次。待有暇之日,真想来试做这一道辛香夺人的鲜美鱼片。

另外一本萧子显所著的《南齐书》上的记录就更有

---

1. 见《韵会》一书。
2. 欓那时候列为"三香"之一,"三香"是指椒、欓、姜,这条资料记载在《尔雅翼》中。

趣了,书上说"始兴郡,本无欓树,调味有阙。世祖在郡,堂屋后忽生一株"。始兴郡,位在粤北,当时世祖(南齐在五六世纪之间四七九—五〇二,总共二十四年,这位名叫萧赜的"世祖"在位十二年)住家附近没有欓,居然被认为是一件"造成烹调上极不便"的大憾事。后来,大概是拜小鸟之赐(植物的迁播常是不乖的小鸟随地大小便所造成的),屋后忽然长出一株"欓"来。此事不怪,怪就怪在"史家"的"史笔"所透出的"史观"——《南齐书》居然把这一条列入国史的《祥瑞志》了。官邸长出刺葱树,竟能算是"祥瑞事件"!唉,我想想,可能也对吧!"吃饭皇帝大",身为小朝廷小帝王,厨房炒菜却少了刺葱,当皇帝也当得不是味儿,不料此时屋后忽然冒生出欓树,说不定是证明"真命天子在此"呢!列入《祥瑞志》,不亦宜乎!当然啦,如果有人据此挖下去,弄出一部华人在南北朝时期的"口味改变史"(或云"扩充史")也不错!

不过,我还是打算回过头来再附带想一想,那些了不起的、两千年前远从印度携回的佛经,为什么偏偏放在榆欓里?榆欓是指榆木做成的桶子,榆木一点也不高贵,佛经好像应该放在紫檀木、花梨木、酸枝、金丝楠木，或至少至少，也要用个香樟木来做桶子吧？

或许，因为那榆木桶也来自印度，所以舍不得丢。也可能，榆木代表"家常风味"，素朴廉价，象征某种宗教方面的平民精神。榆树是北温带常见的树，台湾好像没什么榆树，我只听母亲说起老家有榆树，春天结"榆钱"，摘下来拌上面粉，蒸一蒸，再加酱油、麻油、醋拌一拌，极美味（这些怀乡人的话，信一半就好）。另外，在明人的曲中还读到一句"又不癫，又不仙，拾得榆钱当酒钱"[1]，此外就是美国尤金·奥尼尔的《榆树下的欲望》，此剧影响曹禺甚多，那剧情因乱伦有些惨烈骇人，看来榆木该是生命力极壮旺强悍的树。

不过，我倒是比较倾向我所查到的另条资料，榆

---

1. 出自明代金銮《南一封书》。我就麻烦一点，把这段曲子译述改写如下：唉！我这人也奇怪，又不是"老番颠"（闽南语），又不是成道成仙的高人——居然，从口袋里掏出圆圆的"榆钱"，打算把它当圆圆的铜板来付酒钱了。搞不好，酒铺子里的伙计还以为我是诈骗集团的成员呢！其实，只有疯癫之人才有权利硬把榆钱说成铜板吧！此外，如果你是仙人，也可以，因为你有本事为榆钱作法，它就从榆钱种子变成硬币了。而我两者都不是，我只是个糊里糊涂的穷诗人，前几天春游时顺手捡了几枚榆钱，一时揣在口袋里。久了，就忘了。今天此时此刻，还以为自己兜中有钱呢，及至一掏出来，才发现原来只是些"饱含诗意"却"毫无币值"的玩意儿。酒账嘛，还好，都是街坊熟人，就不好意思，让我赊一下吧！

木因防水性能好,常用来做船舶和家具。想来,以佛经之尊,也照样怕水气和潮气,能躲避"湿劫",很重要——所以,那几卷远来的经典,便放在榆檕(桶)中了。

(二〇一八·三)

"哎呀！原来甲骨文是这么美的！"

算来，是二十七年前的事了。

那一年，一九九一，两岸学者在北京人民大会堂里开会，讨论繁简字体，我忝附末座。

座中有位对方的甲骨文学者，名叫胡厚宣，他原是老"中研院"的人，参加过民初河南安阳的殷墟挖掘。"中研院"是个了不起的构想，由学者蔡元培一手规划。当年，吸收过许多有才情肯苦干的学者。一九四九年后，大陆也设置了类似的机构，胡厚宣先生仍在其中。

那天，胡厚宣先生上台说话：

"'文革'过后，我去库房，把甲骨文片拿出几片来。正走着，对面来了一位年轻的研究员，他问我拿的是什么，我说是甲骨片，他就接过去看。不料，一看之下，他忽然大叫一声：

"'哎呀，我都不知道，原来甲骨文是这么美的！'

"他目瞪口呆，完全失了神，就在那一刹那，他手中的那片甲骨掉到地下，跌碎了！"

当然，我猜想，后来——后来大概是用某种方法补起来了吧？毕竟，那是国宝耶！

后来，我仔细想想，学者胡厚宣所形容的那幅画面，真是令人亦喜亦悲。喜的是经过三千五百年的岁月和沙土的沉埋，又加上"文革"中种种非人性的、对学者生命和生活的双重摧残，这年轻人仍然在一刹那之间给叫醒了，让"美"给叫醒了！悲的是，那一失神，竟跌碎了一块国宝。

相较之下，我的朋友沈恺的故事好多了。他因为父亲是外交官，从小便足迹遍布世界，见识当然很广——但相对的，中文便不够好。家里努力给他请老师补习，完全没用，他根本提不起劲来学。不意，忽然有一天，他发现有一种东西叫"甲骨文"，不禁大为惊艳！我猜是因为甲骨文很适合没有国学根柢的外行人，一只雄"鹿"，一个器"皿"，一个门"户"，都是一目了然的介乎虚实之间的图画。这一下，本来仿佛是个白痴少年的沈恺，竟忽然灵光一闪开了窍，中国文化之美让他在愕然骇然陶然之余不能自拔。

我自己曾因读诗偶然读到《药店中的龙骨》，这些从地层深处挖出来作为药材的"龙骨"，不知跟当年清末学者王懿荣吃到的中药店龙骨是否一样有字刻在上面，我为此写了一篇文章《龙，在药店里》，此处且引一小段如下：

> 宋代的郭茂倩编了一本《乐府诗集》，书中收了南朝的《读曲歌》共八十九首，其中第三十五首便是讲"药店龙"的。可见那时的龙骨已经很普遍入药了。那首诗十分缠绵，比喻也用得出奇，口吻却是女子的，她说：
> 自从别郎后，卧宿头不举。
> 飞龙落药店，骨出只为汝。
> （曾经，当你在我身边的时候，我是多么意气风

发啊!但你走了,我忽然像一只死去的龙,沦落药铺。死去的龙变成龙骨在出售,而我因为思念你也消瘦嶙峋,眼看着就要一把骨头都冒出来了,像那只龙。)

另外唐人李商隐也有《垂柳》诗(或作唐彦谦作),摹拟女子的幽怨如下:

怨目明秋水,愁眉淡远峰。
小阑花尽蝶,静院醉醒蛩。
旧作琴台凤,今为药店龙。
宝奁抛掷久,一任景阳钟。

其中倒数第二句"今为药店龙"(供人煎熬成药),也是极伤感的句子。

既然南朝和唐朝的药铺里都卖着龙骨,龙骨入药至少已有一千五百年了,却直到一八九九年才发现"有字的龙骨"——这些因缘,说来也真是引人遐思。

沈恺后来的职业是建筑师,从未走入"中研院"去做古文字学者,更不曾拥有"特权"去研究"特种资料"。但电脑时代来临,他可以非常方便汇集整理许多两岸资料。早期甲骨文学者不仅要"有学问",还得十分"有钱"。想当年,收购甲骨文的价码是一个字一两银子呢!收藏并研究甲骨文是"非王懿荣那种贵族莫办的事"啊!王国维比较穷,他的甲骨文研究便只好跟着王懿荣做。而布衣平民沈恺居然编出一部完整的甲骨文字典,真是令人惊喜!回溯起来,甲骨文曾经是"小二毛子"沈恺的救赎,让他重新归宗于中华文化的族谱,但愿我们人人都能从甲骨文漠漠无言的大美中找到自己血脉中的超美丽基因。

(二〇一八·八)

辑三

半粒米
和山溪小蟹

同一个地球上的"球民"

（一）住在一栋面西的房子里

森林这个词，令人看着就欢喜，那么简单明了，连五岁小孩都可以立刻学会，一个是"二木"，一个是"三木"。反正，加起来，就是千千万万亿亿兆兆的树，只要有树，就有机会成林，成了林，就能成森……

上帝是先造森林，才造人的。

当然，即使是上帝造林，造林之前也得先造土地，上帝不造塑料林。

而我住在台北市这个水泥丛墟中，不拥有土地，此事无法可想，就算王永庆，也只能在自家台塑大厦顶楼阳台种菜种稻，取悦一下老母。我没办法做全面规划，把屋顶变菜园，那需要大成本，但我得对付我的新居。

新居是二〇一〇年冬天迁入的，因为是冬天，一切安好，可是到了翌年夏天，忽然领略到西廊直晒下来的毒太阳，真是让人"热不欲生"。

我原住一间旧公寓四楼，住了四十年，面对一座小型公园，真是诸事大吉。但因丈夫心脏装了支架，我自己又关节退化，只好换个有电梯的新式楼厦。不过，住老楼虽会因爬楼而累死人，搬新楼迟早也会发生热死人的事，怎么办呢？开冷气虽可挡挡热，但我又反对用电，这事，不知该如何了结。

（二）在及胸高的女儿墙上，种出一行柑橘林

终于让我想出一个法子来了，这西廊有一列一百一十厘米高的女儿墙，墙长约十米，墙厚约三十五厘米，我在其上先做起不锈钢框架，然后把中型花盆置放其间，中型花盆里放了土以后就种些不用花钱的柑橘种子（不敢种柚子，因为柚子的尖刺太长），去花市买树苗当然也可以，但不必了，我并不期望什么名种柑

橘，也不指望吃橘子，只希望能看到树荫。

小树苗很快就长出来了，像黄豆芽，但树就是树，它的架势自来便与草不同。小树很快变高，但因阳台上方有玻璃罩，它只能长到一百八十厘米，它用三年时间达成了这个高度。

种这些树，其实本来也没安什么好心眼，我视它们为卫兵，而且，是佣兵。我每天喂它们一点水，却要求它们为我挡子弹，盛夏热带阳光的子弹，它们也真是尽心竭力，无愧职守。它们于我虽然本是工具，但日久生情，我也难免会对它们又感激又愧疚。想它们每一颗种子，原来都有其神圣的DNA，都大可长到十米，如今却局限在我这小盆子里讨生活。

我选种橘子树原意也只为省钱，橘核容易取得，完全不必花钱，只要吃橘子的时候留下来就成了。它又粗生贱长，人道"便宜无好货"，它却是又便宜又是好货。而且，身为橘子，它其实是果中贵族，远远的，在《尚书》里，它就是南方进贡的佳果。屈原为它写过《橘颂》，曹植为它写过《橘赋》，王羲之为它写过《橘帖》，有人说，它是远从喜马拉雅山下一路传过来的，不管它来自何方，它都有其优雅隽永的品秩。

如今，它在闹市一角，沦为我的守卫树，这样的命运，它显然并没有料到。但它竟然并不嫌弃我，也不嫌弃自己的职分，它日日绿着，供我清荫。

其实，不等它长大，在它身高一米的时候，便已能发挥几分威力了。想到因种了几棵橘子树，居然就节约了一夏的冷气电力，觉得自己真是好聪明呀！当然这种聪明是任何一个农夫农妇乃至农家老妪老叟和小孩都懂得的，偏偏就是都市人不懂。这一大排穿着翠绿色戎装的御林军，这些短时间内不交班不换岗的忠心部队，对我是多么忠悃仁慈啊！

我曾视他们为工具，但他们给我的是整条命啊！他们二十四小时待命——咦，奇怪，怎么我写着写着就把属于树的"它"就写成了"他"呢？他之于我，已是朋友，是同一个地球上的"球民"。

（二○一五·十一）

如果我做了地球球长

(一) 就算耶稣，他的救赎十字架，也得靠一棵树来共襄盛举

有朝一日，我若大权在握，做了"地球球长"，我的第一道政令便是：每个人每年一定要种一棵树，像缴税一般，不种的要重重处罚。如果没时间去种，那就出钱请别人代工去种（加上去"护"）。至于，肯种第二棵的，小孩在学校里可以免费吃营养午餐。这世界最需要的东西不是打仗，不是革命，不是石油，而是——树。

为什么"本球长"硬性规定要种树呢？简单，因为

我们不断地用树，当然得种树来补过啦！就算我们不用纸、不写字、不读书，也要用树木来做船、做桌椅、做板凳、做橱柜、做地板、做天花板、做床、做钞票、做棺材……就连耶稣钉十字架，这桩救赎大业，也得靠一棵树来牺牲自我，才能共襄盛举呢！释迦牟尼，如果没坐在菩提树下，享受那份清荫四垂，印度的烈阳当顶照下，不中暑已不错，要悟道，简直不可能。

人类，一直在用树，于是把森林和高山毁了。人类也一直养牛羊，养少尚可，大规模养便把草原毁了。人类又成亿成亿地生孩子，孩子骄奢浪费，把水资源毁了。人类东奔西跑燃耗石油，把空气毁了……毁了这么多地球资源，请你种一棵树，你能说这要求很过分吗？

还有，还有，人活着，是要呼吸的，人类每吸一口气，都要靠树来供养（氧），每吐一口气，都要靠树来为我们注销罪孽，人类不种树其实是丧尽天良的事呀！毁树就是灭人，植树才是扶人！

（二）日本二战时叫学童去挖松树根，为的是……

日本在发动二战以后，当然做了很多很多坏事。这个，用脚指甲想也知道，要打仗，要求胜，能不杀烧掳掠吗？能不屠人成河、堆骨成山吗？不过，最近读了日本女作家佐野洋子的《无用的日子》，才发现日本人的另外一状罪行，又邪恶又滑稽又悲哀的罪行。

话说作者洋子颇算号人物，是个得过日本紫绶勋章的童书作家，一九三八年出生在北京，她的父亲佐野利一是个学者，对研究中国农村很有兴趣，他在中日战争前已在北京大学做客座教授，故洋子是在四合院长大的日本小孩，她的堂姐桃子比她大八岁，二人不同的是洋子的童年在中国过，桃子则在日本。战争期间桃子堂姐读小学、初中，她纳入"学生动员令"，被视为"一份小小劳动力"。那时，她小女孩一个，当时家家缺钱缺粮，每个小鬼头都发育不良，体力衰微，她又能为伟大的天皇供献什么呢？唉，有的，她奉命去挖树根，全班不上课，都去挖松树根。

我曾试作测验去考问人，说：

"二战期间，老日叫他们的小孩子不上课，去挖松树根，你猜，是为了什么？"

回答一律是：

"应该是肚子饿吧？粮食不够嘛！"

也有人说：

"是为了作柴烧吗？"

如果是为了饥饿或缺食物燃料，那还稍稍说得过去。其实，不是，那时候日本缺燃油，有时连飞机飞出去都不加回程的油，油既不够，打主意竟打到刨松树根的办法上来了。原来，松树算是有油脂的树，据说榨它一榨，也可提炼一些飞机燃油，来增加空军战力……

当时十岁出头的佐野桃子虽不是什么高人，却也料事如神，她对自己说："日本会输日本会输，日本已经沦落到靠刨松树根来提炼油料了，日本会输！"

日本果真输了，桃子居然大乐，听到"玉音放送"[1]宣布投降，她说："我太开心啦！以后不用天天再去挖树根啰！我自由了，从此可以放手去做我自己要做的事了！"

不知当年的日本小孩在动员令下刨了多少松树的根？不要笑我："神经病！日本在二战期间做的坏事可多了，挖挖树根算个什么呀？"

---

1. "天皇之广播"的意思。

我想，我还是有理由来恨他们这一项罪行，屠人又屠树，就连魔鬼，也想不出这么邪恶的主意吧！

（二〇一六·二）

几乎没有指纹的手指

我坐在椅子上枯等,心里微微不耐烦。其实,为了某种原因,他们已经很礼遇我了。

那是三年前的事了,我等待办事的地点是美国在台协会,我当时在等待签证。事实上,我并没有要去美国,我要去的地方是中南美洲,只因须在美国换机,就得多一道这签证的手续。

唉,事情比我想象中更复杂,也许是"反恐效应",我必须去按指纹,按就按,谁怕谁!我又没有犯什么罪。不料,麻烦来了,我的指纹竟然不清不楚。好,再来一次,办事小姐说,按重一点。我擦干净手指,再去沾印泥,然后,用力按下去。

仍然不行。

她要求我更用力,这样一次一次搅和了五六次都不成功。她忽然想起有一种液体,可以帮助指纹凸显,便去找来为我涂在手指上,效果果然好了一些,但仍然过不了关。

我们两人都累了,但彼此仍保持着礼貌性的笑容,我对她觉得抱歉,她也对我觉得抱歉。

但没办法,清晰的指纹就是出不来,后来,她叫我把抹在指上的胶液搓掉,然后再重涂一遍,然后,再按印泥,然后,她再把手压在我的手指上,两人合力死命压按,最后,总算总算压出他们要的指纹来了。

"你不要难过,"女职员安慰我,"去年我爸爸来按指纹,也发生跟你相同的情形。"

——我本来并不难过,只是嫌烦,经她一说,好像觉得也应该难过一下才对。

我当时想到的,其实是四十年前去马来西亚的往事画面,在马六甲的一座佛刹前,遇见一位华人老尼,不免驻足聊了一下,知道她是战前从福建来此的。她年纪大,又加上是出家人,说起话来别有一种简明了然,十分禅意。

"哈,都说现在是自由的时代,哪有?我们那时候才叫自由,像鸟一样,要飞哪里就飞哪里!什么护照、什么签证,都没有,从中国到南洋,来了就来了!"

噢,原来曾有一度,"世人"是可以在这"世上"跑来跑去的,而那个年代好像过去了,永远过去了。现在,"提防"变成非做不可的事,连对一个像我这样七十岁的老妇人也不敢不动怀疑。

"说自由,哪有?我们那时候才自由!"

我一直想着那老尼,以及她那响亮的乡下大婶措词的福建口音的普通话。

可是,眼前这位好心又体贴的女职员却提醒我,我似乎该有一点难过。

我为什么要难过呢?因为我"几乎不太有指纹"吗?我并不是因为做了坏事才变得指纹模糊的!所以,又有什么好难过的呢?我的浅指纹曾经祸过国或殃过民吗?曾让任何人因此受害受损吗?没有呀,那,又难过个什么劲呢?

从二十一岁到七十一岁,五十年间,我在大学执教(二十一岁刚毕业,做的是助教,助教原没资格去上课,但因有些教授懒惰,便抓我代课或改作文,我也只好战战兢兢黾勉从事），我的写作生涯则比五十年更长，算来，本应该是个养尊处优不事生产的臭老九。然而不然，我因是女人，所以又是个不折不扣的"劳动人民"。孔子说："吾少也贱，故多能鄙事。"我则说："吾少贵，仍多能鄙事。"所谓鄙事无非是自家事，包括烧饭、打扫、开车、缝补、园艺，房子装修时跟油漆工一起搅漆，跟木工、泥水工、电工、铁工、玻璃工一起比画。古人有所谓"亲操井臼"的话，现代女人要做的工作比井臼多十倍。

我的指纹大概就在一次次刀伤和烫伤和洗碗精的侵蚀下一层层剥落而变薄变浅的。

所以，那女职员真正想说的也许不是"别难过"，而是"别自伤"。

唉，真的，没有一双纤纤可耀的素手，只有粗皴枯皱且又几乎失去指纹的手，要自伤大概也很合理，要愤恚怨命大概也说得过去。但"自伤"太奢华，不适合我这个小气鬼——时间方面的小气鬼。

而且，我仿佛预见有一日，在云端高处，圣彼得[1]执起我的双手说：

"哎呀呀，这妇人，该怎么判断她才好呢？她的眼睛不像基督徒那么柔和谦卑，却像鹰眼凌厉，有时生起气来甚至会怒而裂眦。她的一颗心常咒东骂西，希望坏人早早死掉。她的鼻舌也不像基督徒，因为深爱美好的气味。但是，约翰兄弟啊，你过来一起看看，她的手，一双劳瘁受伤的手，长得倒真像我们的夫子耶稣。耶稣的伤痕在掌心，是撕裂伤，她的，在十指，是磨锉伤，磨锉到已经快没指纹了——这样，我们可以放她进来吗？"

（二〇一六·三）

---

1. 在《圣经·新约·马太福音》第十六章，耶稣说过要以"天国之钥"授门徒彼得，此话原是一则比喻，但在天主教的美术史上，画彼得，总有一串钥匙，他竟变成天国的司阍了。天国哪有门墙深锁？此事只能以幽默感观之。

爱恨"假公园"

目前,我住的这所房子,我称它为"新居"。其实,也已经搬进来第六年了,只是相较于一口气住了四十三年的"故居",我习惯称它为"新居"。朋友偶然经过新居,总无限惊喜,说:"呀,好欸!居然家门口就有一个小公园!"

我非常不领情,反而带着三分怒气,回说:"什么小公园,根本就是个'假公园'!"

"为什么是'假公园',不是有草有树吗?"

"你仔细瞧瞧,那里有块牌子,说明这是建商买下的地,市政府嫌建地荒在那里难看,就叫建商去'美化'。美化之后,等建屋的时候,就可以'法外得恩',

建屋率比别人多出一些——你想想，买建地来囤积居奇已经不是什么好事了，现在假假地种它几棵树，养几坪草，将来就可以多赚建坪，这种好事，为什么偏偏都落在建商这种'有钱人'身上？这种事，叫人一想就生气！"

许多人以为我是个慈眉善目的和祥女子，其实，我常有我"怒从心上起，恶向胆边生"的时刻。

因为是"假公园"，因为只想把地皮弄得美美的去虚应一下市政府，所以建商只放二十厘米高的表土，种它几棵浅根的"黑板树"。这种树因为是外来种，禁不得台湾的台风，所以逢台必倒，倒了当然得扶，年年倒年年扶——后来建商也变聪明了，干脆拉上铁线，向四面八方作辐射状，然后，用橛子固定。

唉，可怜的树，可怜的五花大绑的树，可怜的我的眼睛。可怜的大城市市长的思维。

想想，曾经，男孩女孩以为树是永恒的，恋爱中的他们把名字刻在树皮上，"义雄美花永结同心"，他们认为树足以做个诚信的见证人，因为树是屹立不摇的，是时间和空间的常态，树皮可以做最美丽的"盟誓之书板"。

曾几何时，树已沦为廉价的商品，建商买来，五分钟内草草栽下，通过官方检查，证明他已"努力美化了预建地"，将来房子便可比"法定比例"盖得大些，卖的时候可以多捞个几千万，或者上亿的钱。

我记得我小时候，囤米的商人是可以判死刑的，因为米是民生必需品，靠大资本贱买贵卖，弄得有人会因为没米吃而饿死了——这种商人，在那个时代叫奸商，奸商枪毙，人人曰宜。

现在的台北市政府却大发奖品，鼓励建商（对，现在叫"建商"，不是"奸商"了）养地，地养着养着，就愈肥了，就愈有身价了，我们为什么还要给他们"更大的容积率"作为奖品呢？这制度，是我们人民的仆人——市政府——想出来的，这些公仆还真是恶仆！这种"邪恶制度"，已非一朝一代之事了，我要反，也反不出个名堂，但骂几句至少出气。至少，可以"以警来者"。人类古今中外的官员，"图利已获利者"每每是常态，能懂得"公平"二字的人毕竟是少数。

我因恨这座"虚伪的假象公园"（台北市，这种临时公园成百上千），所以从来也不想去里面走走，仿佛与它有宿仇似的。但，六月来了，假公园中有一株开粉色花的"缅栀",花儿旋开旋落,我经过时忍不住俯身捡起落花,花中犹含着殢殢的热带花朵的郁香。我放它在掌心中看着,竟不禁对园中的这棵树生出几分感情来。这种树,是从前我们小孩叫它"鸡蛋花"的树,那时代这种花一律是黄心白瓣,大家都觉得与鸡蛋的蛋黄蛋白色组一致,所以叫它鸡蛋花,鸡蛋花的命名几乎有些孩子气。近年来才知道这种树的花除了"黄白"组之外,还有"粉白"组,花市中粉白组要贵些。

假公园的正中央便种了一株这种树,它的色组既非鸡蛋色组,我也只好叫它粉色缅栀。公园是假的,我一向有几分恨它,但粉色缅栀却是真的——然而,我应该也恨那缅栀花吗?不能,当我把今晨落地犹艳的花朵捡拾在手,心中涌起的却是不忍,是轻怜。

这假公园不久后便会在一夕之间烟消云散,挖掘机一开机,眼前的红花翠叶便立刻碎为纷纷劫尘,取而代之的将是建商经过合法允许的扩大了容积率的大楼。但此时此刻,掌心的缅栀花却是真的,我想我要深睇其容,深忆其馥,并且深怜其明日或即夭亡的宿命——这种深恸,你同意称之为"爱"吗?

(二〇一六·八)

前方有一棵树,她说

我身陷在一栋高耸宏伟的建筑物里,而我的目的地只是其中的一小间。因为舍不得让自己走冤枉路,浪费了时间和体力,我一向总是逢人就问路——何况此处又是服务台,我于是说明自己要去的地方。

"哦,你向右转,往前一直走,看到一棵树,那就是下一个服务台了,你可以问他们。"

我立时很聪明地把她的话在心里翻译了一遍——我的聪明很少出现——但守株待兔,偶尔也能碰上一只。

我想:"唉!好心的小姐呀,你也少胡扯了,这是栋设备完善而且有效率的大楼,楼层大概高二百二十厘米,既不通风,也终年没有阳光,种树?哪能呀!我猜，你说的树，其实只是'一盆长着绿色叶子的小小盆景'吧？"

我于是右转往前走了三十米，果真看到服务台，台上，也果真放着一棵她口中说的"树"——而那树，也果真如我所料，是一丛连盆子和盆垫才不过身高五十厘米的"小家伙"，你就算把它移植到大森林里去，它也仍然是长不成一棵大树的呀！

唉，我轻叹了一口气，微笑，试图原谅那位女子。她是善良的好人，但她住在都城太久了，连什么是树也说不清了，竟把一丛小灌木盆景说成是树了！

至于树，它该是什么个样子，那真是说来话长啊！

话说上帝造人，可不是乱来的，他必须先造时间、空间，让人类可以身心安顿。然后他造日月，作为舞台灯光。造万物，如金木水火土，算是舞台的布景和道具。他造伊甸园，算是演出剧场。此外，还有重要配角，那是动物、植物或者矿物……

戏要好，演出要精彩，主角必须和配角密切合作。主角要懂得飞扬之际须自敛，艳射之际有卑抑。太欺负配角，太抢戏，绝对不会串成一场好戏。

然而我们人类却让生物快速死绝灭尽，让原始森林如遭天火，一座座变成焦土，然后，再变成水泥堡。连浩瀚无边的海洋，我们也去屠其长鲸或斩其游鳍，乃至抽其石油，夺其深层水。甚至空气，我们也有办法把它弄得又热又燥。就连雪山冰洋，我们也逐日逐月让它爆裂澌溶。

在这个"地球之家"中，我们人类是个多么邪恶的坏蛋啊！最近有个科学家预言，人类会在一千年后毁灭。这话，好像也犯不着这么大阵仗，找什么堂堂科学家来预警，只要问道于区区在下我也就可以了。

白居易说"老妪能解"，原意是指"连无知的老太太都听得懂呢！"我却想把这句话翻一番新义："嘿！嘿！就连老太太我，也能来解释给你听呢！"

印度人论我们的生存空间，说的是四大：地、水、风、火。中国人则说五行：金、木、水、火、土。相较之下，我们更在乎在石器时代之后的耀武扬威的铁器时代加上舒适安缓的木器时代，我们受惠于金木已经上万年了。

耶稣诞生在马槽里，那马槽应是木，死则钉在十字架，那十字架仍是木。释迦牟尼悟道于菩提树下，那更是棵活生生的木。若不是有那棵菩提树，印度的毒太阳当头，是足以让人昏倒的，何况他那时很可能已剃了度，头上毫无遮蔽了。树，和树的凉荫，是他的救命恩人啊！

至于孔子，写《春秋》写到获麟，便决定封笔乃至封人生。麒麟是当时"濒临绝种"的生物，活活遭人猎杀，叫人怎么咽得下这口气？

所以，照我说，孔子是被滥杀野生动物气死的——不过，在人生一切都丧失之后，他生命中却拥有最后一个梦，梦见自己坐在两楹之间。所谓两楹是指大建筑物里东西之间两根大柱子，大柱子是殿堂的支点，大柱子是贵胄级的树干。用现在的话说，孔子预知自己会是一个"有历史定位"的人，他是两楹之间的尊者，事实上，他自己根本就是东方世界的两楹啊！

曾经在跟我们同台演出的演员名单里，树，也算一个"大脚色"啊！

什么时候森林灭尸了？什么时候树跟人居然成了陌路？什么时候一个指路人竟会遥指一座盆景，说，那里有一棵树。

（二〇一七·一）

收藏在我案头的美丽废物

人生一世,在繁华的地球上走来走去,难免会碰到一些东西,因此也会收藏一些东西,"赤条条来去无牵挂"的人,毕竟不多。

但,该收藏些什么好呢?那就要看身份和地位了。如果是大唐天子唐明皇,就不妨收个绝色美女杨贵妃,如果是昔日古代的非洲酋长,则大可以收一排猎来的人头,作其自炫的摆设。

郭台铭,这位台湾巨富,曾为他死去的前妻买过一座欧洲古堡,以她的名字命名——啊,能把古堡当收藏品如小孩拥有乐高积木,真也不错。只可惜郭夫人福薄早逝,来不及享用。

至于我们这种其他各色人等，上焉者可以收名车、珠宝、古董、字画，下焉者则买些接近自己一日所得的小玩意。至于我，活了一甲子之后，十几年来决定什么都不买，要么，就只有"你丢我捡"……

不过，捡东西，看来虽不要成本，却也要费点心思，才有可观。前人叫这种事为"废物利用"。我想到"废物"二字就不免神伤，唉，世间哪有废物？"废物"之说是人类发明的，而且看来像后期才发明的。因为甲骨文、金文里都没有"废"这个字，小篆才有，《礼记》里有这个字眼，说来已是周代的事了。周代就人类文明史来说，已是后期。

古人没有废物，原因大约是由于古人是靠上天的恩惠来生存的，日子过得不像现代人有那么多大阵仗、大啰唆……古人渴了就喝溪水，饿了就吃山果，如果抓到兔子就吃荤，吃不完的，丢在地上自有鹰鸟会捡去吃。所以没听过世上有垃圾车。

就连大便，在那个时代也不是废物，没多久以前（大约一百年前）乡下农家小孩子的"家庭作业"[1]竟是到田野中"去捡大便"，以作肥田之用。但放野屎的人

---

1. 不是指"学校"叫小孩回家写的功课，而是指"家庭"中自己叫小孩做的"劳动服务"。

少（所谓"肥水不落外人田"），想捡屎的人多，结果竟会因捡屎而大打出手，大便甚至有个奇怪的名字——叫"水肥"。

《牡丹亭》，可算得一本最浪漫的明代传奇了吧？你相不相信这本十分唯美的浪漫传奇，整个戏的action（这是洋人论戏剧爱用的字眼，姑且译为"起兴"吧！）是从一出《劝农》开始的。女主角杜丽娘的老爸是太守，太守在初春必须去劝农，在劝农这个段落里，作者汤显祖借太守之口极力赞美"粪香"……古今中外的文学作品中，我似乎不知道有谁敢大胆描写这项"废物"的。

话扯远了，废这个字，从文字学上看，是"广"字部，广读作"演"，指"建筑物"，建筑物这三个字说得太文雅了，其实只是倚着山厓（崖）搭的"小违建"罢了，"广"字部的字多跟"空间"有关，例如庑、廨、庐、厅、廊、庙、廣（广）、廂（厢）、廁（厕）、庵、库、庭、廠（厂）。"广"字部中的"厂"，说来，就是山厓之厓的"厂"。其实这种破房子，利用山的斜度搭成的，就算不塌不陷，以今人来看也是废物，但我的朋友黄光男校长，小时候家里就住这种房子呢！他说，人道"家徒四壁"，我家是连四壁也没有的！

辑三　半粒米和山溪小蟹

"废",指的便是这种房子,这种房子垮了就叫"废"。

所以,今日人类说的"废物",古人看来未必很可厌,而我桌上便收了一件不讨厌的美丽废物——橄榄炭。

橄榄炭网上有卖,不便宜,但我案头的这一罐却是好心的茶庄主人送的。

我凭什么说橄榄炭是废物呢?那是因为我们如果视橄榄果肉为正物,那么橄榄核就是废物了,橄榄炭是利用"作废的橄榄核"烧成的,所以应该也算废物,或者可以给它起个好听一点的名字,叫它"废物再生物"。

能想到以橄榄核去烧炭,对我而言,倒真是闻所未闻的创意。

去岁三月,在广东潮州,我有幸去拜访某茶艺师,他用小炉烧炭瀹水,空气里全无烟燎味,只有一些清芬和暖香。我不免惊奇,问是什么炭,他拿出一包跟黑宝石一般的小颗粒,一看便能辨出是橄榄核,我有点骇然,因为我一向以为台湾的相思炭就是极好的炭了,原来还有用橄榄核烧炭的,真是奇事啊!

茶庄主人见我欣羡不已,便说要送我一包,但旅途不便,我只接受了一包中的十分之一,那天的茶味虽隽,茶韵虽长,我却更爱这一捧用橄榄核烧出来的黑晶一般的可堪煮茶的墨炭。

我在案头用来装橄榄核的小瓶是别人抛弃的日本清酒的玻璃樽,透明的酒樽放在一块三十厘米乘以三十厘米的瓷砖板上,瓷砖板因破裂,遭瓷砖公司抛弃,我捡来,用木板重粘,俨然有中古时代拜占庭教堂镶嵌艺术的风格。

收藏者和收藏物之间,常有其不容易说得清楚厘得明白的因缘和爱恨和思维,两者几乎有某种DNA血源的神秘牵连……

火微蓝,茶汤初沸,单丛茶正酽,一年前那个午后的潮州经验,在审视一枚橄榄炭之际,又暖暖馥馥地香到眼前来了。

(二〇一七·四)

茶叶可喝,那,茶枝呢?

朋友的母亲是台湾南投人,南投的特点是人少山多。我的朋友如果从母系血统来看,是"山的儿子"。

山上可以"靠山吃山"的产业不多,他的家族中据说有三百人和茶业有关。

这位"山之子"有天对我说,他要由台北返乡三天,因为有亲戚乔迁新居,问我要不要同去做一趟山旅,我很兴奋,就答应了。

我的山乡之行重点是看竹艺,我的朋友却想去买茶叶。哎,说来"本省人"和"外省人"毕竟有些不同,外省人只有一堆朋友,本省人却有一堆亲戚。那天我的朋友一口气买了二十四包茶,我当下看得目瞪口呆,他说有的要送亲戚，有的是代购。我其实有点搞不懂，亲戚多这件事，到底是好还是不好？（因为如果碰上"坏亲戚"，只一个，就够你瞧的。）

我本来坐在一旁观望，但看他买茶买得火火的，又去后车厢拿大纸盒来装，也禁不住想买几包，但我无人可送，因为"外省都市人"你不能随便送他礼物。例如我有个朋友只喝酒，不喝茶，又有个只喝咖啡，另有一个只在早餐喝加奶的红茶，还有一个只喝文山茶，更有一个，只信任欧洲矿泉水……这些"有个性"的外省人，你若摸不清楚，还是少去送礼为妙，所以，我买茶是为自己买的。

朋友选好了茶又忙着打电话给茶行老板，老板人在深山茶园，看来朋友得到了一点折扣。我因只买了两包便宜货，不好意思开口比照要求。

我买的那包便宜货可谓"超级便宜"，之所以买那包茶，是因看到它的名字而好奇，板架上贴的货品名称叫"茶枝茶"。它的标价是两百台币一大包。我把朋友叫过来，说，咦，"茶枝"也能喝吗？

朋友为人谦逊，他不好骂我笑我，却说出一番比骂人笑人还毒的话，他说：

"啊呀，茶枝？不好喝啦，一般人是在办丧事的时候用它，办丧事，人来人往，都用好茶来招待，那要很多钱哪，所以就用这种茶枝，泡它一大桶来给客人喝。当然啦，有些不讲究的餐厅也拿它泡给顾客喝。"

我本来想，茶枝茶，我这辈子都没喝过，不知是何滋味，不妨一试。但听朋友一说，我忽然想，噢，搞不好我是喝过的，餐厅里的茶向例难喝，很可能用的就是这种茶……

但我对这间朋友的朋友所开的茶行却有几分信心，第一，他多次得奖，第二，他不过度包装，第三，茶行也不刻意作"高雅布局"，店里风格朴素安静，像欧洲修道士开的店。事实上，后来一打听，这位茶叶达人还居然是一位教会长老，他不烟不酒也不嚼槟榔，是个理想的制茶人。不过，最让我想要"冒险"买一包来试试的原因是由于茶包前有一行小字，上面写着："这是得奖的冠军茶的茶枝"。

唉，想来得奖的是"尖子"，是茶树巅上嫩嫩的"一心二叶"，然而同为一树一枝所生，老大既是天才，老二应该也还好吧？他们之间的差距是一点五厘米。

何况我近年因为筹划要为身后留一笔基金，欠下银行两千万台币的贷款,所以发心要过"志愿清贫"的生活,两百元一包的贱价茶叶很该一试。想想,冠军茶一斤是要十几万台币的呀!

于是,那天便很"壮烈"地买了那包"超贱价"的茶回台北了。以我的生活守则,如果此茶很难喝,我也一定会把它喝下去,而不会丢掉它。这样一来,我很可能要为它受苦一整个月。

答案很快就揭晓了,那天晚餐后,我照例泡茶,给自己,也给家人。大概因为我对这茶毫无期望,所以不但没失望,反而十分惊喜。茶汤该有的香和韵,它完全不缺,原来那茶枝上也附有几片茶叶的,这身份不够高贵的茶枝茶梗,居然也有其暗暗的无以名之的幽芬。呀,这种不入流的便宜货,竟也有其朴实淳厚的雅正滋味,是山岚和阳光和雨露以及习习谷风所共同抟揉而成的。

拥有一包茶枝茶,让我今春的茶盏中,别有一番意外的来自山林的因惜物深情而生的馥郁祝福。

(二〇一七·五)

亲爱的，请你听我说两个故事

是的，没错，我称你为"亲爱的"，因为你正坐下来，因为你肯听我讲两则不知是好听还是不好听的故事，我很感激。我是江湖说书人，而你，是来"捧个人场"的观众。

话说从前有对老公公老婆婆，在河边捡到一枚漂来的桃子，掰开桃子，里面蹦出个小男孩，因此取名为"桃太郎"（哈，哈，你猜对了，这正是日本桃太郎的故事，家喻户晓的）。桃太郎一夕数变，不到一个礼拜就成年了，成年的桃太郎请老母亲为他做了一堆黄米团子（亲爱的，别插嘴，黄米是什么米，我也不懂，请教了一些人，好像是比较黏的小米），他背着，便四处去招兵买马起来，有黄米团子作军粮，他的背后遂跟着猫呀、狗呀、猴子呀……他们的任务是什么，是要去打一座岛，名叫鬼岛（哎，哎，亲爱的，别问我，鬼该住在海岛上吗？我也不知道哩！我所知道的鬼都比较爱住在另一个地方——就是人类的心官里。哎，不说了，亲爱的，让我把故事讲下去吧！）。好，他们到了鬼岛了，鬼王一听说大军压境，便吓得跑出来投降（对，对，亲爱的，别吵，鬼既不是血肉之躯，难道怕桃太郎来杀头吗？我也不知道桃太郎是凭什么本事"三分钟亡鬼岛"的）。总之，鬼岛之王，照桃太郎的吩咐把金银珠宝都堆在桃太郎脚下，桃太郎于是卷起珠宝，志得意满，班师回朝了，那些猫、狗、猴子也都一起耀武扬威地回到日本本岛，从此过着快乐幸福的日子。这个故事的教训是什么？哎，哎，亲爱的，你还真是个"老式的听众"，不过，好吧，你既然问，我就说一说。第一，那位桃太郎是漂来的。第二，他很快长大了。第三，他准备了一些军粮，靠这些军粮，他居然组成军队。第四，筹军粮不易，搬运军粮更不易，所以必须速战速决，必须"三分钟亡鬼岛"。第五，名不正则言不顺，所以要把对方丑化为鬼，打鬼是伟大的事业，所以，可以做。

鬼王献出珠宝，那更是天经地义。可是，到了二十世纪，桃太郎，却来打中国了。他们这一次希望"三月亡华"，但中日全面战争打了八年，军备方面可不是靠几只黄米团子就能解决的呢！

好了，亲爱的，以上是日本的桃太郎故事，接着，我再来讲个橘叟的故事给你听。在讲之前，我先讲一段楔子。我去年到成都演讲，讲完了，主办黎先生带我在附近逛逛，逛着逛着，他忽然说："邛崃就在附近。"我一听，大为振奋，立刻大叫说："带我去，带我去，这是神话里的地方呀，不料今天我们竟走到神话里来了呀！"同行的人都不知我在讲什么，我一时也不想讲古。其实，亲爱的，我要跟你说的《玄怪录》（或名《幽怪录》）中的橘子故事，就发生在邛崃。

我们真的到了邛崃，找到一家茶馆兼书店的地方坐下，抬头一看，后院里真有一棵橘子树，树上待采的橘子真有婴儿头那么大，我十分惊奇，原来古人就算写小说，背景道具也都能自圆其说。橘叟的故事，就是讲两只大橘子里住着四个老人，亲爱的，你好像懂点文言吧？有些地方，我就直接念给你听吧！

> 有巴邛人，不知姓名，家有橘园。因霜后，诸橘尽收，余有两大橘……巴人异之，即令攀摘，轻重亦如常橘。剖开，每橘有二老叟，鬓眉皤然，肌体红润，皆相对象戏。身长尺余，谈笑自若，剖开后亦不惊怖，但相与决赌……

他们玩象棋是带赌博的，但赌的不是钱，而是些稀奇古怪的东西，例如"瀛洲玉尘九斛"等。其中有位老叟说："橘中之乐，跟我们从前在商山一样乐（看来他们是'商山四皓'），但不得深根固蒂，总有讨厌的笨蛋来摘我们！"另一个说："我饿了。"就去袖中抽出一根长成飞龙形状的草根，自顾自地吃起来。他削一片吃一片，草根又自动长回原状。吃完了，他口中含水把草根一喷，草根立刻变成长长大大的夭矫飞龙，载着他们四个老叟，飞到不知何处去了。说故事的人说，相传是陈、隋年间的事，书写者是唐朝人。

唉，亲爱的，你问我为什么讲这个故事，因为五千年来，国人羡慕的生命情境可能就是这样的吧？活到老，有几个知己朋友，把自己封在一团安全的小窝窝里，依着棋盘的规矩，玩着天长地久的对弈游戏，视富贵利禄如浮云——这没有什么不好，如果全球的人皆如此和乐知足与人无争，未尝不是美满世界——可是亲爱的啊，世界如滚轮，容不得我们躲在芬芳馥郁的大橘子里，人家要摘我们剖我们的时候，我们要怎么办呢？而亲爱的啊，你我都知道，不是人人都能弄一只飞龙来搭乘跑开的。

桃太郎太像日本人，橘叟太像我们自己国人。今后日本人要走什么路线我们管不着，但我们自己呢？总要过些比"小确幸"更多一点的日子吧？苦难未必只发生在中日全面战争启端的一九三七那一年。

——写于二〇一七年七月七日，
全面抗战八十周年，台北·东门

（二〇一七·七）

半粒米和山溪小蟹

二〇一二年,泰国国会议员来台,这,当然是他们日常的例行活动。我当时任第八届"立委",于是跟他们座谈并吃饭——这,当然也是我方的例行活动。

当"立委"不必跟所有各国人马来往,只需事先指定几个志愿地区就可以了——不过,我干吗选泰国呢?是因为我一向关心泰北,唉,说到泰北华人,那真是千言万语也说不完……

酒席,设在"立法院"专摆酒席的地方。场面嘛,当然不能太寒碜,但也不敢奢华,必须维持"不挨媒体骂"的水准。

泰人到来,无非是来示个好,彼此客客气气,说些什么祝人民安和乐利的话……

菜上着上着,我又犯起我的老毛病了,当下跟侍者说:

"给我半碗饭。"

"只吃菜,不吃饭。"这种筵席规矩在台湾差不多行之有三十多年了,但对我来说却是"是可忍,孰不可忍"!明明说了吃饭,怎能不给人米饭吃?

听我"要饭",当下便有几位脸皮薄的客人也就"跟着顺便"要了。有人喜欢米饭,我有点高兴起来。

这一高兴,就话多了。我说:

"说到米饭,哎呀,你们泰国米也挺好吃的呢!"

众泰国议员连忙点头附和,一点也不打算谦虚。

"是啊,是啊,我们泰国米真的很好吃呐!"

桌上的气氛忽然热络了,虽然他们仍然不会说华文,我们也仍然不会说泰文,但由于兴奋,大家的英语好像都立刻顺溜起来了。就像口才笨拙的大妈,你若跟她谈起她儿子,她就跟你说个没完没了……

"你知道吗?几年前,我去泰国看看戒毒工作,台湾的'晨曦会'常到世界各地去做戒毒工作。那天我们从曼谷赶到泰北,已过了午餐时间。戒毒村一般经费都不足,吃的也就简陋,但他们煮的饭却很香,我忍不住又添了饭。只是那饭有点怪,是用'半粒米'煮的,我这辈子吃的米饭都是'整粒米',怎么会有一种'半粒米'?他们告诉我,为了省钱,他们就买这种'半粒糙米'来吃,便宜多了!奇怪的是,在泰国,连这种'半粒糙米'也很好吃呢!"

泰国客人也都万分同意,我并不是刻意讨好他们,也不是特意安排的外交辞令。事实上那半粒米的小事我早忘了,只是在餐桌上因为"喜欢米饭"而厚着脸皮去老老实实"要饭",因而想起往事,因而带动了整个餐桌气氛。

然后,几位议员凑着头叽里咕噜了几句,大家一致同意,说:"哎,我们觉得你长得像我们的×××议员,她也是女的,年纪也大,而且,也注重环保,也直话直说……"

有人就拿出手机来找她的照片,果真找到了,一看之下,也果真有三分像——不过一个七十岁和另一个七十岁的人,本来就会有点像。就如婴儿,除了极美的和极丑的少数例外,其他婴儿,远看都差不多。

既然话题热络起来,我就乘胜又讲了一段吃的故事,恰如北方人说的:"老太太抖包袱,抖着抖着就抖出一堆货来了。"

"那'晨曦会'泰北分会的黄牧师,他开车载着我们在泰北山野里跑,当然一路都随便吃。戒毒村常设在山野,一方面土地便宜,二方面不影响常人生活,三方面,戒毒的人也弄不到毒品……有一天,已经黄昏了,我们还在路上,天都渐渐黑了,山中景色很美,可是,我心里想,这样的荒山野岭,叫我们到哪儿去吃饭呀?这时候,忽听黄牧师拿起手机,说:'我们就到了,你们快准备晚餐,有客人,加点菜。'我心里想,加菜,怎么加呀?这个时间,这个地点——黄牧师又发话了,'加盘炒蛋,去溪里多抓几只小螃蟹来!'

"黄牧师自己也曾是吸毒之人,现在却洗心革面,成了牧师,助人戒毒。他所说的'加菜'果真很有效率地出现在餐桌上。

"葱花炒蛋鲜美柔嫩。至于小蟹,身体直径大概只有五六厘米,但我一路上都看着那条清浅湍急的山溪,知道小蟹的原产地,格外觉得滋味无穷。

"王永庆、郭台铭、李嘉诚,他们因为有钱,很可能吃到我们常人不容易吃到的美味。但穷穷的我吃过

'泰国特价半粒糙米'，这可不容易呢，吃过的人想来不多。至于泰国深山绿涧中临时抓来的小螃蟹，也不是都市人轻易可以遇见的美食！"

客人纷纷点头称是。因为我开口要了一碗饭，因为故事，那天的筵会竟变得值得回忆了。

（二〇一七·九）

受邀的名单中，也有他

我去参加一个晚辈的婚礼。

五六十年前，如果有人要结婚，好像必须先去照相馆拍几张结婚照，立此存证。四十年前，开始流行"美美的婚纱照"。到十年前又不一样了，新人会在现场提供"微型电影"，男女主角当然是新郎新娘啦！

那一天，电影快终结时，镜头中穿着婚纱的女主角忽然念起她的动人台词来："啊，人生的路程这么艰难而漫长——要是有一天走不下去了，怎么办？"

当下男主角勇敢挺身应承，说："走不下去，还有我——"

镜头中他一个箭步，一把抱起新娘，往小路的尽头走去。新郎并不十分壮硕,但也总算走了十步,摄影师照的是他的背影。如果照正面,我心中暗忖,天知道准新郎当时是否龇牙咧嘴,额头冒汗……

面对这么动人的爱情宣言,我竟掩嘴偷笑了。

我想说的是:"喂,小妮子,你人生的路如果走不下去,只有两个办法:如果你没有宗教信仰,你就靠自己咬牙苦撑。你若有宗教信仰,你就跟上帝说:'求我主垂怜。'要想靠丈夫抱着你渡过灾厄,那——嘿,嘿,可难了。

"他现在抱得动你,十年后就很困难(因为他老了一点,而你又重了一点)。二十年后叫他抱你,他会闪到腰。四十年后你叫他抱你走三步,他会跌跤。五十年后,他会说,'你神经呀,你没看我自己都走得颤颤巍巍的,你要我跌死呀!'六十年后,唉,六十年后他可能逃跑到不知何方的他方去了。"

婚礼影片中的男主角并没有撒谎,但他那句大话根本不像真实的话。照我看,他像在"吹牛"——或云"膨风",或云"侃大山"。其实,他应该说:"亲爱的,人生实难,但我若有能力背你就会背你。背不动,就搀扶你。如果我有一天连搀扶你的力气也没有了,那,我就用好言好语劝慰你,如果我更衰弱了,说不定反而要你来护着我——总之,人生很艰辛。'安危他日终须仗,甘苦来时要共尝。'这句话原是一位英雄赠给另一位英雄的,我俩虽非英雄,但人生艰险处亦如沙场,所以,这句话也很适用。我们既然上了同一条船,海象又如此惊怖,就同舟共济相互壮胆吧!"

眼前这位年轻的新郎,其人英挺、忠诚,且有他对生活的自信,加上他对前途的理想,他不知不觉就把话说得太满了。其实,这一生,任何人,如果叨天之幸,没有遇见大型地震和大型水灾火灾或泥石流来灭村,没有遇见大小彗星擦撞地球,没有遇见瘟疫,没有遇见战争,当然,"经济崩盘"最好也别碰上,而且,自己和家人也没罹上什么古怪难治的疑难杂症,儿孙晚辈也没发生些什么吸毒嗑药之类的鬼毛病……那么也就算走在康庄坦途上了。

却有一样,除非你有幸早夭,是躲也躲不掉的,那就是:老。

那天,"婚礼电影"中的男主角虽是个诚信君子,却于无意中说了吹牛式的谎言,而新娘居然也笑眯眯地、傻乎乎地接受了他的明显可看穿的谎言。

其实,他们身边另站着一位,他也正在眯眯笑呢,他的名字叫作:老。

老,也在出席宾客的阵容里。但这对新人不知道。他们忘了,婚姻的"定义之一"就是"偕老"。牧师主婚时,"老"就挂着拐杖站在新人背后,而他们两人却浑然不知。

他们此刻太快乐,所以没听见"老"说的话,"老"说:

"小孩子啊,你要信口开河就信口开河吧!如果谎言让你们快乐就说谎言吧!我也知道真话是不好听的,但要知道我老人家在你周边是每分每秒须臾不离的呢!我会灭你的气焰,长你的智慧,我会增广你的见闻,扩大你的度量,但也会脆化你的骨骼,松懈你的肌肉,昏眊你的眼睛,渺茫你的耳朵。今日席上所有的贵宾吃完最后一道甜点后,一刹时都会烟消云散,唯独我,会留下来,跟着你们一路走,一路走,直走到生命的尽头……"

这时,忽然,音乐响起,婚礼仪式完成了。新郎新娘在观礼宾客掷来的如密雪般的彩纸中快步穿过甬道匆匆离去。

老,赶上他们,亦步亦趋,一路同行。

(二〇一八·二)

有事——没事

宜兰县要为小说家黄春明办个活动,我虽正忙着,却很利索地决定:要去!

为什么决定得那么利索?因为,我想,这是黄春明的晚年盛事,能从癌的劫数里逃出来,不容易。这个好日子,陈映真可能也想来,可是他来不了啦!尉的身体也不容他自己跑到来回一百公里以外的地方去了。尉的妻子,当年何等活蹦乱跳在编着文学刊物,却也早早仙逝了。

杨如果要来,恐怕也得有个专人扶着。我如今好好的,干吗不跑它一趟?虽然要花掉一整个工作天。但大典中如果只见晚辈,也怪伤感的。

中午到了宜兰，接我的人说，要先去吃饭。饭馆是黄春明喜欢的那一家，饭菜很实在，客人很多，我们的人占两桌，我们得自己拿筷子。侍者送来一只小黑桶，桶中装些黑筷子，他要我们自己传自己拿（因为位子挤到侍者无法钻进来伺候）。奇怪的是这筷子加筷笼加上抽取的动作，看着竟很像在神明面前抽庙签似的。

于是就有人叫了一句："这简直像在抽庙签呢！"

大家都一面笑，一面"抽筷子"。座中有人便说："不用看了，大家的签上面都写着'平安无事'。"

满桌的人都微微一笑。独我啰唆，不以为然，便说："这'平安'两字倒是好，但'无事'却是华人的奇怪的思维。为什么'没事'才是'好事'，'有事'好像就是'坏事'，太奇怪了，华人怎么这么'怕事'？像今天，就是'平安有事'，有好事，有喜事，这才好嘛！有事我们才在这里相聚，有好朋友可以聊天，有好东西可吃，有好文化可以传承，我倒希望多有点'事'呢！"

觥筹之间（其实那天没酒），大家虽也附和我，不过，语言这东西太强了，现实生活中，华人潜意识中还是几乎认定"事无好事"。以后，碰到亲友有难关的时候，他们，或我，还是会脱口说出这样的话来："放心，放心，会'没事'的！"

我想，古往今来，在溟漠无垠的中国大地上，大家喜欢的大约是春耕秋藏无灾无厄的家常日子，此外，什么事都别发生才好。

旧式小说里，描写夫妻久别重逢，用的话非常怪，年少时的我琢磨半天也搞不懂是什么意思，那句话是："一宿无话。"

哎，古怪啊！男女久别重逢，什么情节都可能，两人可以斗嘴，可以谈论别后相思，可以诉说生活委屈，当然更可以有大小程度的性事……怎么就一笔略过，变成敷衍马虎的"一宿无话"了呢？

这句话，如果要翻译成外文，就变成"他们俩，一整夜都没有讲话"吗？还是"关于他们，身为作者的我，无可奉告"呢？或者，解释为"由于生活回到了常轨，一切都顺当了，所以也就过了平平稳稳没什么'事儿'的一夜"？

"一宿无话"其实应该就是"一夜无事"的意思。而"一夜无事"又是"一整夜都安宁，没发生不好的事"的意思。

这种农业社会里"凡事平平安安就好"的基本愿望,往好处说,会让人安详自足,并且维持恒常的生活秩序,人与人之间也相对会比较和谐。但往坏处说,"无事"的人不会有成就,"无事"的小说不会精彩,"无事"的社会无法进步。

如果,两百年前,有个冒失鬼跑到某家门口大叫一声:"哎呀,王先生呀,出事啦,出大事啦!"

王先生想必当下魂飞魄散——奇怪的是,主人绝不会仔细问一下,出了什么事?好事还是坏事?

在从前,大户人家如果养了孩子,特别是男孩子,必须好好培养他,不要有"好(读去声)事"的基本人格(女孩子就更不必说了)。当然,更不可喜欢"生事",或者"惹事"。家常过日子,则更要遵守"多一事不如少一事"的金科玉律。至于主动去"揽事",则"揽事"这个动词前面的主词经常是"坏人","好人"是不会去"揽个事"来干的。

《红楼梦》里倒是出现过一个爱揽事的人,她便是王熙凤。这位凤姐儿在《红楼梦》里其实至少算得上"半个坏人"。不过王熙凤如果生在今日,她倒可以做个"企划案策划兼执行人",例如"大观园中行道树之革新布局案"或"贾府二〇一九年房地产之投资规划案"。

在《世说新语·贤媛》中有个妈妈,她劝女儿嫁到婆家以后,千万别"多事"。她的"新婚建言"竟是"慎勿为好"。女儿惊讶,"不做好事,那,难道要做坏事吗?""胡说,好事都叫你别做了,坏事当然就更不可做了!"

这位老妈姓赵,也非等闲之辈,是个能诗善赋的知识分子。她之所以这样说,是希望女儿的婆家不要因为多了一名新成员而多出些"事儿"来。什么新观念、新作风最好一概都不发生,毕竟,人家是娶媳妇,不是聘请"家园鼎新改革委员会"的会长。所以,如二战时期新闻界流行的一句话:"没发生事情就是好事情!"

在中国,做神明,其实很清闲,只要负责保庇大家"平安无事"就好。

为了确保子弟不"闹事"或"生出个什么事来",张爱玲小说中的某个母亲居然引诱儿子抽大烟,让他没气力跑出去做个"生事的人"。

唉,如孙中山所说,未来的华人,希望能少些爱"做大官的人",多些爱"任大事的人",要挑大事,必须性格上就好事。愿上帝赐福华人"平安有事——有好事"。

(二〇一八·六)

浪子大餐

周末,丈夫和孩子一般会在家,今天凑巧,他们二人都早早就出门去了,我非常快乐,觉得自己可以做一整天单身贵族,太好了!我大可以"为所欲为"了。咦?"为所欲为"?这话听起来挺熟,简直像《坎特伯雷故事集》中巴斯妇人的诡异故事了。

奇怪,难道家中有他们在,我就是不自由的吗?嗯,说不上来,身为"兼职家庭主妇",总觉家中有人时自己就必须"在线上",是个规定随传随到,垂手伺立(standby)的角色。

好了,好了,今天他们二人皆有事走了,我可以好好过我要过的日子了。但是,我又能变出什么花样来,

"自由",只不过是我的幻觉罢了。

且慢,这一天,我不算虚度,我发明了"浪子大餐"。浪子吃什么?应该十分奢华吧!——哈,哈,我暂不宣布,不过,我也常是个爱摆"无一字无来历"的教授,这典故你去翻《圣经·新约》就可以找到了。此浪子名震今古,可不是等闲之辈,林布兰还画过他呢!不过我却嫌林布兰把浪子画得太老了,是个秃了头的老浪子。我希望看到个年富力旺,有强大犯罪能力的年轻浪子,太老的浪子,即便回头是岸,也来不及与老父相拥相抱了。

这则"浪子故事"出自耶稣之口,非常经典,狄更斯甚至认为是篇上乘短篇小说。当然,人读书都是"各取所需",这故事在小说家狄更斯看来几乎是"小说范本",在牧师的讲章中当然是教训众浪子要趁早回头的教材。但我,今天只想用它在厨房中"大展身手"(不对,是"小展身手")来做一道"浪子大餐"。

"浪子大餐"长什么样呢?我姑且把浪子的生平分为五个阶段,这"浪子五阶"如下:

第一,富贵之家的受宠么儿期,这段时间,他吃得想必不赖。不过这段时期,他还不是正式浪子,只是

"酝酿策划要去从事浪子生涯"的小屁孩。

第二，前期浪子，跟父亲强索了遗产（虽然老父未死），出外花天酒地，广结美女俊少，少不得大鱼大肉恣口腹之欲，这段时期，吃得当然比家中更奢华。

第三，后期浪子，此时手中金尽，朋友离散，衣食无着，不得已去为人牧猪（耶稣故乡那一带不吃猪肉，嫌脏，"养猪"因而是贱业，与"牧羊"一事不能同日而语），弄得忍饥缺食。

第四，浪子归家初期，这家伙终于想明白了，来了个"人生发夹弯"，直奔父家，自忖回家后，"大不了，不做儿子，打零工"，也胜似流落异乡。结果，是喜剧结束，老父认了儿子，大摆筵席，广招亲友，对儿子归来认为是重拾重宝——这段时期，浪子当然吃得不错，虽然浪子那位忠厚老实的大哥在旁边看着，心中不是滋味。

第五，浪子归家后期，一切回归正常，浪子变得知足感恩，家中吃的也就只是"正常"的"家常菜"了。

那么，我所说的"浪子大餐"是哪个时期的浪子呢？答案是第三时期——浪子最落魄的时期。猪的主人不提供食物，浪子就跟猪抢食"猪哥大餐"，猪吃什么呢？猪吃豆荚——豆子当然给人类吃了，剩下的豆荚则轮到猪吃，浪子居然跟猪对抢，颇有"克扣猪粮"之嫌。

浪子和猪既然都靠豆荚维生，而且，浪子还头脑清楚，懂得父子无隔宿之仇、回头是岸的道理——则显然，豆荚还是不错的养生食品呢！至少没让他因营养不良而弱智。

好了，这就说到我的"浪子大餐"了——其实，说穿了就是"豆荚餐"啦！

豆荚没处买（应该有，但我没去打听），我用的是自家的废弃物。我家厨房中偶尔供应盐味毛豆。带荚的毛豆买回来，稍洗，用玫瑰盐抓一抓，放在不锈钢盘中，入老式大同电饭锅内，不放水，干炕，我喜欢多炕几次，让外皮有些焦香，一般要炕它四五次。两次之间还要记得把锅盖上的水蒸气擦掉，我希望毛豆干些，是希望能吃到特殊的烤豆香味。

其实，在台湾，想吃带荚毛豆很方便，超商二十四小时有煮好的小包供应，这是日本人喜欢的下酒菜，也是台湾外销日本的热门食物。外销之余，顺便也内销一下，所以，消费者很容易买到。而且，也许加了小苏打,豆荚的皮碧绿,又撒上粗黑的胡椒粒子,卖相很不错。

大约,十年前,有一天,我忽然想,这烤毛豆这么香(别忘了,我放的是玫瑰盐呀),何不来利用我的高压锅,把剩下的豆荚煮它一锅素高汤,再放点紫菜蛋花和虾米,岂不又利用了一次?想着,便动手做了,家人嫌我烦,不过也乖乖喝了。这道"毛豆再利用汤",喝了也有十年了。

今天,家人不在,是我的"自由日"。我想,这毛豆,好像还可以作第三度的利用,我以前怎么都没想到过?好,趁他们不在,我用自己做白老鼠来实验一下。于是把一包集中放在冰箱冷冻室的豆荚拿出来,先熬它白白的一锅素浓汤,然后,把煮过的豆荚捞起,塞三条在嘴中,慢慢咀嚼起来。毛豆荚的外皮很粗,但内膜却柔美可食,嚼着嚼着,只觉口中充满新春岁月中来自大地的新祝福。在我吃了豆子又喝了汤之后,竟仍有内膜余惠可以供养我的口体。

而我行年七十有七,口中并无一颗假牙,还有本事去"嚼谷嚼谷"食物,真是幸运啊!你觉得我在受苦吗?不对,我觉得豆荚的内膜真的很好吃呢!我嚼完了,把渣吐了出来,却没丢掉,准备拿它去花坛肥花,接着,我把整盘全吃了。

我这样做是因我曾祈求上苍,说:

"帮帮我,让我有办法去过'志愿清贫'的生活——在我的余生中。"

三年前,我发愿想攒一笔基金,供我身后助人之用——所以,更想要过得俭节些。

耶稣所讲的浪子,其人在吃豆荚餐的时候,想必也觉不错——因为饥饿。

我很满意我新发明的"浪子大餐",当然,如果你要嘲笑我也可以,因为,既说俭约,干吗不用普通盐而用了比较贵的玫瑰盐?这一点,我也真的有点羞愧,不过我用得很少,而且,这盐也发挥了三次功能呢!在豆,在汤,加上,在皮。

(二〇一八·七)

辑四

「人为万物之灵」,真的吗?

"人为万物之灵",真的吗?

"人为万物之灵",真的吗?

那要看这句话是谁说的,如果只是人说的,那就未必有道理。假设狗狗会说话,你猜,这句话会说成什么样子?在民主意识高涨的今天,也许应该集合所有的"动物""植物"(乃至"矿物")大家一起来投票。我猜,高票当选的一定是"虫类",因为"虫口"要比我们的"人口"多得多了。搞不好当选的家伙就是蟑螂呢,当然蚊子的胜算也不小!

好吧,也许我们来改口,说"人为万物中的一员"(或者说"人是'亿物'或'兆物'中的一个"),说得更真实一点,不妨再加一句注释——将来害死地球和万物的就是他。

所以,所以呢——

所以,我们有空的时候应该多看看我们的"万物伙伴",看看他们素朴而天真的生活,并且从其中学习人跟"大自然"之间"自自然然"的关系……不过,这话说来容易,要在生活中抬头可以见到长颈鹿,低头可以发现丹顶鹤,那恐怕要溯着历史跑回亚当夏娃的伊甸园去才行。就连二千五百年前的孔子,也没看过麒麟——哦,不,他看过,他看过一只被猎人射死的。他为此气昏了,连大作《春秋》也不肯再写下去。

自从有了都市之后,动物和植物都跟人类划清界线,连普普通通的小狐狸、小兔子、小飞鼠都不再在我们生活里出现了。如果要看到鲫鱼,可以,它在餐桌上的餐盘里躺着。想想,成语里说"多如过江之鲫",就是说此鱼多得不得了,但如今的小孩却一条也没见过——我是说,在河里。

动物园,就是这时候发明的一项罪恶,但怎么办呢?如果没有这项罪恶,我们恐怕终生都看不到我们老祖先一向看到的老朋友,我们内心深处是会悲伤的啊!

所以,我们把大象关起来,把蟒蛇关起来,把孔雀关起来，连大大的鲸鱼也一起关起来……

每次，走入动物园，我都会从心里道歉："对不起，对不起，请饶恕我们人类……"

我有点口齿不清了，因为自觉理亏。但台北木栅动物园还算好，因为他们常收捡落难的动物。有次有只小穿山甲从南港202兵工厂跑出来，迷了路，他们为它养好了伤，放回市郊的浅山区。

动物园让我们学会许多知识，并且懂得要付出该有的温柔。有位蒙古族的诗人尼玛来台后，回去北京很兴奋地跟大家形容台湾，说："台湾人真友善，他们居然叫一只大象做爷爷……"

林旺，那只大象，它何止是爷爷，从一九一七到二〇〇三，它总共活了八十六岁，它是三四代人共同的记忆，它是我们的曾爷呢！它来自缅甸，跟国军共同参加过艰困的抗日战争，等于是个辛苦的运输兵。原来，它也是一员"老兵"。哎呀，它跟我们之间的故事长着哪！它当年渡海来台，可不是一件小事啊！

啊，我真希望有一个动物园节，在那一天，我们请众动物离开笼子，到园中散步，在那一天，我们请各种人类坐在笼中供动物观看，白的、黑的、黄的、红的、裹着小脚的（如果当今还有这种人活着的话）、被铜环拉高脖子的、文身的、老的、小的、长出六个指头的……

唉，你会嫌我的想法诡异吗？

人于他人要常存感激心和负疚感，这样才会去善待别人。对动物，也当如此。要知道，它们是上天注定的，要和我们一起好好承受天恩地惠的伙伴啊！

（二〇一三·六）

说到"丽"这个字的模特儿

(一)"蝙蝠+鹿+仙桃"和"铀+钻石+稀土"

鹿无处不在,它在亚洲,它在非洲,它在美洲,它在欧洲,它在澳洲。古代中国有"逐鹿中原"或"鹿死谁手"的成语,可见那时候跟着鹿跑的人还真不少。

《诗经》里有《呦呦鹿鸣》章,指的是阳光下、溪水旁,群鹿相呼去吃水草的和乐画面,诗人用此来象喻君臣之间的相从相得。

在华人的世界里,"福""禄""寿"三样事被认为是人生最完美的幸福。其中"福"用蝙蝠象喻,"禄"用鹿来象喻,"寿"用仙桃象征,鹿一向是吉祥的兽。

有了这三样"动物"加"植物"相伴，人生才够好！奇怪的是，现代人比较希望拥有的却是"矿物"——铀、钻石或稀土。

（二）鹿，在冬夜的天空上

在西方，每到圣诞节，可爱的圣诞老人便出现了。他要送礼物给好孩子。他跨山越海，在落雪的北风中横空而行，礼物又太多太重，所以他必须有车。而古代的车一向是由动物来拉的。可爱又慈祥的圣诞老人，丰厚的礼物，拉车的动物不是马，不是牛，不是驴子、骡子，而是，驯鹿。所以鹿不但活在五大洲，它们也活在冬天夜晚的天空上，活在圣诞夜的钟声里。

（三）射鹿，最实惠

古时候，凡是有一弓一箭在手的人，如果不是拿来射人，就是拿来射鸟兽了。鸟兽中大概又以射鹿最为实惠，因为既不会生危险，又可得到一身好肉。所以，连《红楼梦》（四十九回）里的公子小姐都曾在落雪的日子，满园如琉璃世界，独红梅盛开的美景中，围着炭火，大嚼鹿肉烧烤！胆大的湘云甚至还想试一下生鹿肉呢！

想想看，猎豹多危险呀！而猎兔子虽然安全，却大概只能得到一公斤的肉（剥了皮毛则只剩半公斤了）。古时候的贵族很聪明，他们干脆圈上大大的园子，自己在山水森林之间养起鹿来，天气好兴致高的时候就来打一下猎。圈养的鹿体能较差，想来也好打一点。大名鼎鼎的莎士比亚，年少时便曾偷跑去贵族人家的庄园猎鹿。他所住的史特拉福是个小镇，做了坏事很难不传出去。莎氏在故乡混不下去，只好跑去伦敦，从事戏剧大业了。这下倒好，伦敦人口密集，不愁没观众，莎氏在伦敦写了三十多个剧本，快老才还乡（当然，那时代，也就是四百多年前，五十岁就算老了）。说起来，鹿对人类的戏剧也颇有贡献呢！要不是莎氏年少轻狂，乱跑进人家庄园里射杀人家的鹿，他也未必会去伦敦闯荡，那些成就也就都没了。

（四）成道后，到鹿野苑去说法

释迦牟尼，他成道之后去说法，到哪里说法？是"鹿野苑"，如果去"虎丘"或"大豹溪"，好像就不太对盘。

九色鹿的故事也是佛教极为出名的寓言。故事虽小，却也包含了人类对动物的伦理，动物卑微地和人类对话与谈判，以及动物世界中对待妇孺的怜念，以及人类迟来的省悟等等。

日本奈良山上多寺庙，山麓则饲鹿，放任它们接受观光客的"鹿饼"。

（五）奇怪呀，人类要造"丽"的象形字，为什么不画自己？

"美丽"的"丽"字是一幅画，这幅画的模特儿是一对年轻的鹿。

丽字最初造来是形容两只"俊男美女鹿"所组成的"贤伉俪"，"丽"等于"俪"。

一只鹿其实已够美好，但两只鹿以双双对对的构图出现，似乎更为动人。吸引我们眼光的，似乎已不仅是它们的俊俏美丽，更加上它们之间相亲相爱的浓情蜜意。汉字造字的过程中如果有个外星人有幸看到，想必会啧啧称奇：

"咦，奇怪呀，他们人类要造个'丽'的象形字，怎么不画他们自己，反而去画鹿呢？他们为什么不觉得自己漂亮，反而觉得鹿漂亮呢？"

唉，这事也令人类没话可说，因为事实上，如果你问我，我也觉得鹿就是比人类美丽啊！不找它做模特儿，找谁呢？

（六）带着罐头、泡面和帐篷，只想请它入镜

台湾曾有位年轻的摄影家，带着帐篷和泡面、罐头投宿在高山草原上去拍摄台湾水鹿，他的日子过得既令人怜悯又令人羡慕。不过，相较于想去拍云豹的、拍黑熊的，他实在算幸运的，毕竟，在台湾的高山之上，尚有水鹿之迹可踪，尚有水鹿之影可摄，尚有"丽"可以来入镜。

至于一般人，不妨抱着一袋洋芋片，闲步走到动物

园，也就可以勉勉强强饱览这些曾经极美丽的却因豢养而色衰的物种了。

（二〇一三·六）

唯一不值得珍惜的，是，它的命

（一）如果我必须生为一只鹿

如果，我必须生为一只鹿，出生在哪里算是好命？

如果是在六百年前，生在台湾应该是挺不错的。虽然，美国的大草原那时候也很好，那时候的美国莽莽榛榛，没有汽车也没有高速公路——不像现在常有鹿活生生地给撞死在高速公路上，真是人也倒霉，车也倒霉，鹿，更倒霉。但那时的美国有山狮，加上狼群——鹿儿要活下来颇不容易。它必须眼观前后（其实它的眼睛并不太好），耳听八方，且加上嗅觉灵敏，身手矫健，否则就会落入人家的肚子里去了，说来还真有点命苦。

台湾的鹿不一样，六百年前的台湾并没有老虎、狮子和狼、豹。所以，鹿，几乎就是长得最大的哺乳动物了。比鹿大的陆上动物看来只有熊，而熊杂食，跑得又没鹿快，它不算是鹿的克星。云豹比较凶，但因体型小，不太能抓鹿。既然没有谁吃它，素食的它也不吃谁。而那时的台湾环境渥绿一片，绝不缺粮，气候又好，终年温暖，如果嫌热，往海拔高处爬上二三百米就凉快了。这样看来，五百年前的台湾鹿，不管是水鹿或梅花鹿，日子真是很好过的。

当年在台湾的鹿只有一种敌人，就是少数民族。但他们是温和的猎人，并不赶尽杀绝。我猜想，那时候台湾可能有一二百万头鹿，所以，后来汉人到台湾为地方命名时老是有个"鹿"字，鹿港、沙鹿、鹿野、初鹿、鹿耳门、鹿谷、雾鹿……真是叫人动思古之幽情啊！据说当时大陆沿海居民相招来台时，甚至形容台湾是个"到处都是鹿"的地方。

可是鹿在台湾的好日子很快就过完了，新来的外人看中了这块土地上的利益。商业利益一旦进入人心，任何事情都可以变得极为古怪。西班牙人、荷兰人、日本人都发现鹿的皮非常有利可图。于是在异国商人极有效率的操作下，一六六三年六月底到七月底，居然一个月里，便出口了七万张鹿皮。

就这样，几十年之间，台湾上百万的梅花鹿很快都遭人剥了皮，出了口。台湾因而更富有了吗？少见鬼了，富的当然不是射鹿的人。台湾得到什么？台湾得到一块光秃秃的没有鹿鸣的大地，终于在二十世纪六〇年代，台湾的原野上连一只梅花鹿也看不见了。

它美丽，它可爱。它全身包括皮、肉、角都值钱，都值得珍惜。唯一不值得珍惜的——在我们人类看来——是它的命。

（二）绝迹和复育

啊，曾经满山遍野如草间繁花的吉祥动物梅花鹿就此绝迹了。好在台北木栅动物园还有几只，经营鹿茸生意的鹿园里也有几只，努力复育三十年后，在恒春一带又有一千多只了。我猜，整个复育过程花的钱绝对高于当年卖鹿皮所得的钱。更何况从少数鹿只近亲繁殖下来的鹿种也不会太好——只不过好歹有个上千只的鹿让大家见识见识，知道原来的台湾原野是长什么样子。

哦，对了，还有个地方你可以很方便地欣赏到梅花鹿，在新台币五百元的钞票上，画着七只美丽的梅花鹿，钞票人人爱，希望大家爱鹿比爱钞票更多。

（三）异味

鹿妈妈有个怪癖，如果新生的小鹿身上沾了异味（譬如说，如果有人好心为小鹿喷巴黎香水），它立刻就不理它，并且再也不肯喂奶给它吃了。

但愿这批好不容易才复育出来的一千多头的台湾梅花鹿，能保持为不染异味的纯纯净净的原野之儿、大地之子。但愿人类能把它们看成美丽的生物，而不是"皮毛和肉块的提供者"。

但愿鹿在新的世纪里，就只是鹿，简单的，不被人类利用的鹿。

附录：1663年鹿皮输出　　　　　　　　　单位：张

日期	各种鹿皮	大鹿皮	山马皮	Cobito
1663/6/23	17760	70		
1663/7/11	15900			
1663/7/24、26	33440		3225	1250
小计	67100	70	3225	1250
所有鹿皮合计	71645			

资料来源：

《长崎商馆日志》，引自中村孝志《十七世纪台湾鹿皮之出产及其对日贸易》，《荷兰时代台湾史研究上卷》第110页

（二〇一三·六）

山羌的小确幸

台湾有三种鹿,水鹿、梅花鹿和羌。前二者都高大壮观,羌却小多了,一只鹿大概可以抵七只羌的重量——不过弱势也自有弱势的生存法则,羌在台湾"众动物凋零——唯'钱'兽一枝独秀"的情势下(其实,最近连"钱"兽也凋零了)居然没有死绝,算来也真是命大。

说起来,真要多谢公羌母羌都努力生育。母羌的怀孕期挺长,约二百天,一胎也只生一个,几乎快跟人类怀胎十月一样辛苦了。但了不起的是,它们只要生完了就立刻可以再怀,所以两年生三个是很可能的。台湾近年来的年轻世代都既不爱煮饭也不爱养孩子,看到公羌母羌真该惭愧了。

羌也许因为胆小,(它实在也没有胆大的本钱啊!)遇到危险就赶忙躲,躲不了才跑。它形体小,身体柔软,颜色黑褐,要躲很容易。至于跑,它也算跑得快的。不过最奇怪的是它居然善吠,像狗。个子虽小,也许因为共鸣腔设计得好,居然可以声闻十里,令人吓倒。不明就里的对手很可能以为这个大嗓门的家伙本事不小,便不敢挑衅了。柳宗元的"黔驴技穷"典故中那只驴子起先也是靠嗓门大,几度吓走老虎。可见"大声乱吼"也不失为小人物"自我膨胀"以乱人耳目的妙方。

这样看来,羌的生存法则有三:第一是多生,第二是小心谨慎不与人斗,第三是必要时玩点小把戏吓吓大咖人物。

当然还有,有时它似乎也奉行"羌往高处爬"原则,避免和最危险的动物——人类——在同一海拔生活,山产店里一直卖着山羌肉,所以要活命,还是住高一点好。羌一向能屈能伸,从二十米到三千米,到处可以为家。

山羌虽有点弱势,但吃起东西来却比大鹿挑嘴呢!

它仗着身体灵便，吃树叶时每每先踮起两只后脚，然后把前肢举高，好去采些更高更嫩的叶子来吃。

台湾高山地势近年来状况一直不好，走山、泥石流都很常见。对居民、游客和交通部官员来说，都是个头疼得半死的大问题，唯一额手称庆（哦，不对，是额前足称庆）的就是深山里的动物了。路不通了，人类不进来了，祸害便没有了。当然，如今天然林禁伐，就更好了（不过话说回来啦，凡有"禁"，就有"违禁"，没办法，总之，算是好了一点）。否则，不管母羌多么努力生育，也很难"子孙满堂"的呀！

走过滥捕，逃过陷阱和兽夹，最可恨的是，这些放捕兽夹的人只是抱着"不放白不放"的心理。至于抓嘛，抓到谁就是谁啰！有些懒惰的要等想起来再去瞧一眼，动物搞不好早就腐烂生蛆了，真是损人不利己！没有给抓进餐厅，没让皮肤变成麂皮皮鞋，活到十几岁，生它十个孩子——这，就是山羌的小确幸了。

刚才说过，小人物自有小人物的生活信条，山羌虽不像梅花鹿那么高大俊美，却也矫健耐看，雄的有精巧的小角，雌的有一道自额而下的黑色黥面。反正，小小的鹿也是鹿，要叫麂，也随便你。至于叫它山羌，或者

"吠鹿",你们喜欢就好……

只要活着,只要能和二十米或一千米或二千、三千米的山路相盘桓,只要身边有丰草美树,日子还有什么不满足的呢?

(二〇一三·六)

麝·麝香猫·椰子狸·咖啡

麝香猫,这个名字看来有点"物种歧视",应该叫"猫香猫",或"香猫"才对——可是,没办法,习惯成自然。

这就要先说到"麝"这个字了,麝算是一种鹿,至少在汉字结构上,它给划入"鹿的家族",查中文字典要去鹿部查。它另有个名字是"獐",也叫"麝香鹿",它在"香类动物"界很出名。另外一个有名气的香类动物叫"抹香鲸"。这些动物都因为"香"而倒大霉,弓箭刀枪注定离不了它们。麝有香是为了吸引异性,我们人类硬是要"夺动物之香以为己香",然后增加自己的或环境中的魅力。

麝香,在古书上都说产在脐部,其实它是阴囊附近的腺体。麝香本是名词,但不知怎么竟变成了形容词,所以有:

麝香牛

麝香鼠

麝香鸭(这鸭,其实是雁的意思)

麝香骢(马)

因此,有"麝香猫"也就不奇怪了。

麝的香在古代是十分贵族的,贾宝玉的丫头中就有个叫麝月。

"麝"怎么跟"月"放一起呢?(宝玉的丫头,颇有些起的名字是很堪玩味的。)原来,"月亮"可以美其名称"麝"。远溯南朝(约一千五百年前,早于唐朝)徐陵在《玉台新咏》序中便有句:

麝月与嫦娥竞爽

月亮距离我们极远,谁能闻见它香或不香?想来是麝香制成后呈淡黄色,因而用它来形容月色。

此外,"麝月"也是一种茶的名字,但两者虽同为"香物",其趣却大不同。一出于动物,一出于植物,可谓一荤一素,香可催情,茶可净心。用麝为茶叶命名,也许也只是取其色。

好在《红楼梦》中麝月那丫头倒不多事。为新买进来的丫头取名,本是富贵公子权力和小才华的表现,如果照原名叫"阿美""阿花"就显不出豪门的气派来了。

李商隐的诗:

蜡照半笼金翡翠

麝熏微度绣芙蓉　　(《无题》)

麝香看来在古代中国多用于熏香,可以增加闺阁中的香煖浪漫。清朝词人纳兰性德《浣溪纱》中有句"麝篝衾冷惜余熏",则是把用来熏被子的竹篮(内放麝香)也写出来了。离人已走远,女子守着闺阁,衾被渐冷,但特意为那人而焚的香气却固执地不肯散其余香。

不过,真要欣赏麝香,最好还是去山林,以下三句诗真令人神往:

龙归晓洞云犹湿　麝过春山草自香（唐·许浑《题崔处士山居》）

云生半岩润　麝过一林香（宋·陆游《暇日登东冈》）

风里草香山麝过　雨中果熟野猿分（元·姚文奂《云门院》）

（看得出来，宋、元这两位诗人都不自觉地在模拟唐代的许浑，包括许浑爱写的"潮湿感"。）

和一般人发生关联的麝香则是写字用的墨碇（当然啦，会去用墨的人也不是太一般），墨中放了麝粉就能保持香味而不败坏，算是书房里的文雅气息。元代马祖常的《礼部合化堂前后栽小松》诗：

微风吹几帷
砚池麝墨香

这算是文人的奢侈了。

但是,台湾的麝香猫呢?它也被归类为有"肛门腺分泌"的兽类,其实猫有猫香,鹿有鹿味,我们人类语言粗糙,竟把它们都归为麝香(母猫和母鹿听了一定大笑绝倒)。泌香,原是它们的求偶行为,可是人类总是多事,老是爱去掠夺原本不属于我们的东西。

近二三十年来,有件事很离奇,人类流行一种咖啡,叫"麝香猫咖啡",价钱很贵。普通咖啡一杯卖三十元到一百五十元左右,这类咖啡却在一千元上下,听来吓人。但它的生产过程听来更吓人。不过,事实上这是一场误译,能在肠道中酝酿那种咖啡粒的动物并不是麝香猫。

说来,我们的麝香猫只是一只可爱的狸猫(而那种制造"麝香猫咖啡"的动物,是产于东南亚的"椰子狸",其学名为 *Paradoxurus hermaphroditus*,颇类似我们的白鼻心果子狸,只是脸上没有白线条,但都算灵猫科的哺乳类动物)。我们的麝香猫和"名贵咖啡"无涉,它只是善于爬跳,善于隐匿,吃它爱吃的东西,吸引它心爱的伴侣,生它渴望生的小孩,如此而已。

附带说明的是,动物的香,没处理以前,人类闻起来其实是挺不好闻的呢!

麝香猫在台湾因为属"保育类动物",所以禁止饲养。但在泰国,因为野生动物活着的比我们多,所以在清迈,有人大量养麝香猫来取香精、香水,人类还真是一种又离奇又麻烦的古怪动物啊!

至于那经过"椰子狸"肠道再拉出来的咖啡粒(虽然,经过清洗),我想,还是不吃比较道德吧!因为椰子狸本来可以在森林中自然进食,因而得到健康平衡的营养。但人工饲养却把它们关在咖啡园里,限制它们成天只吃咖啡粒,拉咖啡粒——这过程,可以让园主人获高利,但对椰子狸而言也未免太凄惨了吧!

(二〇一三·六)

羊和美

华人非常喜欢羊——不对,其实应说全世界的人都喜欢羊。说喜欢羊也许有点厚颜无耻,因为我们说喜欢羊的时候,很多人指的是"我喜欢吃羊肉"或"穿羊毛衣"。但也不尽然,喜欢吃猪肉的人并不太承认自己喜欢猪的长相,甚至还拿"猪"骂人。

在马来西亚,最常见的肉摊便是羊肉摊,印度人因为宗教的缘故不敢吃牛,马来人信伊斯兰教的不少,他们因为嫌猪不洁而不吃猪肉。有一部分的华人因为祖上务农而不忍吃牛,其结果是大家都吃羊,羊是全世界的人都愿意一试的蛋白质来源。不单人吃羊,人也拿羊去祭神,羊是最乖的牺牲品。

人类早期驯养的六畜，羊算其中的一个。羊是最早被驯养的家畜之一。从此，家羊和野羊好像就分手了。我们一般人以为所谓羊，便是我们养的那些山羊和绵羊了，大不了，听过苏格兰的黑脸羊或蒙古人的黄羊。

在华人白纸黑字的证据里，留下许多跟羊有关的字眼。例如"美"，"美"这个字是多么难造啊！而老祖先以"羊大为美"（当然，这个"美"可能是美味，却也不排除美丽），而"义"（通"仪"）是"羊加我"，"善"是"羊加言"（口是省略的言），指的是祥和的互动，听来真是好啊！

其实，在基督教的信仰里，耶稣也被称为"羔羊"，羔羊代表逊顺无我，居然和我们《公羊传》（《十三经》里的一部）里"执之不鸣，杀之不号"所形容的是一模一样的，羊简直是天生就是该作为献祭给神明的圣物。

在中国，羊还有一项奇特的功能，它是"孝"的教材，大人用它来教小孩，说："你看，羔羊是多么孝顺啊，它都是跪着吃母奶的呢！"其实，应该是母羊太矮，小羊只好跪着才吃得到奶。

人吃羊肉、喝羊乳、用羊角、穿羊毛、用羊作象喻……我们以为羊就是这些了。其实不然，如果我们可以离开我们惯居的城市，走远一点或爬高一点，在草原上，在野溪畔，在高峻险巇的绝壁上，仍有另外一种原生的野羊在放足奔腾。

不过，如果有机会看到绝壁上那些野生岩羊的身手，人类会目瞪口呆，原来野山羊可以那么野，它们蹄下的那座山仿佛是铁山，而羊蹄上则仿佛都装了强力磁，否则它们怎么纵跳东西而不致粉身碎骨？（唉，其实，跌死绝涧也是有的啦！）

一切的野牛、野马、野驴、野羊、野猪、野鸡、野鸭都令人惊异，原来它们本来是这样子的。

这些"野东西"不是每处都有的。如果有，也不见得"有得很周全"。如果都有，它们过得也不见得很好，也就是指濒临绝种。

台湾没有野牛、野马和野驴，但有野猪、野兔和野鸡（如果蓝腹鹇算的话）、野鸭（如果某些候鸟算的话）。更重要的是，我们有野羊，它的名字叫"长鬃山羊"（它的鬃其实也不怎么长，所以不要太"望文生义"吧！），它也叫台湾羚羊（斑羚类）或台湾野山羊，我自己喜欢在心里暗暗叫它一声："喂，台湾岩羚羊！"

因为它家就住在岩石上。说来，很有趣的是，大象来到台北木栅动物园并没有丛林或草原可住，熊猫来了也没有箭竹林可住，长鬃山羊却大喇喇地住在专门为它们起造的"假岩山"豪宅里，免得它们不跑来跳去就脚痒，或不躲起来就难安。所以，还不错，目前它们瓜瓞绵绵。

不要以为动物在动物园里养尊处优就子孙满堂，台北木栅动物园失去娇客的惨痛经验其实也是一部二十五史呢！

算来台湾野山羊是可庆幸的，更可庆幸的是，台湾东部山上还有它们的踪迹（虽然不多）。如何判定它们的"芳踪"？说得学术些，是靠"排遗"。说得白话点，是靠"大便"。长鬃山羊有"在固定厕所大便"的习惯，所以，当辛苦的研究员爬上悬崖绝壁，猛然见到一大堆羊大便的时候，真是喜不自胜，甚至赶快捧起来闻！说来一般人可能不信，其实野羊的粪便不算臭，因为生活在高山上，食物常是松柏类的清香素宴。但在高山上看到它们的机会不多，因为它们很聪明，能躲就躲，而且晨昏才出现，而且它们本来就为数甚少——因此，想看台湾野山羊，到动物园去看，就好了。

十年前，二〇〇三年四月二十九日，台北《人间福报》从香港转录了一则来自高山草原的新闻，草原在新疆伊犁的纳拉提镇（记者是吴媚媚）。话说某次山中因雪崩夺路，野岩羊受困山腰，眼看就要全数灭绝。此时某只领队老羊忽然示范了一个不可思议的动作，它先飞速奔向那条稍嫌阔大的山沟，直逼崖边，似作跳涧状，却又戛然而止，接着，它转身回到起点。这个示范让一只幼小的岩羊也有样学样，冲到崖边，并一跃而起。正当它悬在空中快要坠落之际，领队老羊随即跳起，恰到好处地落在幼羊下方。幼羊便就势踏在老羊的背上，再使力弹跳，于是安全到达对面。至于老岩羊，救了小羊之后，则直直坠崖而死。

后头的二百多只羊，随即依样行事。二只一组，每组一只幼羊先起跳，另一只老羊紧随而跳，心甘情愿地作为后辈的跳板。当幼羊到达对岸时，老羊已碎身谷底。此事既没有分工，也没有配对，更没有宣传教化和演习，却每一组都配合得严丝合缝，直到最后一组羊，竟没有一组是失败的。半数的牺牲，换来了族群的衍续。

奇怪而不可解的是，群羊虽无语言，却自动分好队组，一只只成年羊都甘愿做个"垫背的"，而小羊也仿佛立刻都明白，老羊既然"置个人（不对，是置'个羊'）生死于度外"，则自己也当"以国家（不对，是'野岩羊大队'）兴亡（不对，是传宗接代）为己任"。

啊，羊不会写历史，不会讲故事，也不懂伦理学。但，这样惊悚无声的情节经目击者传述出来，跟人类的史诗或英雄诗相比，它怎会输给任何一篇呢？

这样的高贵行为，这样的急智慧思和视死如归的精神，"怎一个'赞'字了得"。

如果你去到动物园，如果你有幸见到这种山羚，它们多半蹲坐某处在"嚼口香糖"。别以为它们懒惰，只爱发愣——其实不对，它们的动作不是嚼口香糖，而是反刍。它们习惯快速猛吃，然后慢慢反刍。它们是没利齿、没尖爪，又没大角的弱势生物，只能靠"吃快点，吃多点，吃完赶快躲起来"求生存（它们连台湾登山客怕得要死的"咬人猫"也敢大口吃下去），真够辛酸啊！它愣坐那里其实是在虔敬地工作——上天给它的天职，它的反刍大业。或者，它也在想点什么，想什么呢？也许是：

上天啊，不管我的名字是台湾长鬃山羊，是野山羊，是岩羊，是羚羊，让我们的族群能活在我们深爱的地方，好吗？

（二〇一三·六）

另类诗人——珠光凤蝶

(一) 千年来最优秀的诗人怎样为自己题画像

宋代诗人苏东坡有诗如下：

问汝　平生　功业
黄州　惠州　儋州

这首诗很重要，因为是苏东坡为题自己的画像而写的——而且是晚年写的，有点综述自我生平的意味。苏东坡选择了六言诗体。一般而言，唐代和唐之后的诗人写诗都会选择五言或七言，诗人选奇数句构（即五七言）和偶数句构（即六言）的比例超过99%比1%。但苏东坡写这首诗选六言是对的，因为节奏上干干净净利利落落，把他自己大半生奔波的地方很扼要地记录下来了，既凄凉，又自豪，我略为意译如下：

你问我这辈子去过哪里，都做过些什么事？

起先我被贬到黄州去。哎呀，黄州虽落后，猪肉却反而是一流的！我因而发明了美食东坡肉呢！那里的笋子和鱼也美不可言。

之后我又遭贬各处，例如密州，那就不说了。其中还有很少人去过的广东惠州（其实也就是民国革命史中所说的惠阳，惠州是客家人的地盘），虽然僻壤穷乡，可那也是我的国土我的人民啊！何况岭南的荔枝那么甘美多汁，令人流连，而且，我心爱的女子朝云，就埋骨在那里。

至于儋州（海南岛），哎呀呀，那就更神奇了，古来几个汉人去过儋州？能去儋州真是人生幸事，在那里，我看过奇异的花，喝过奇异的酒，又交过奇异的朋友，住过不能叫房子的房子……

作为一个过客，生活在大地上，哪能说自己有什么大不了的作为呢？只能说说我的行脚，一个被命运安排，走过黄州、惠州、儋州的流浪人。

以上是一个大诗人大哲人对自己平生的概述，听来真令人神往。我也曾循线去了这几州，但观光客的走马，毕竟不能刻骨铭心，只能拼命去拼凑思古之幽情罢了。

(二) 就在你我身边，还有一位另类诗人

苏东坡，是千年前的人了，如果是"今天"，我去问一位"另类诗人"同样的问题，它的回答可能是这样的：

啊，亲爱的，你在问我吗？
我，只是一只珠光凤蝶啊！
功业？我没有什么功业啦
我的一生吗？
说来不好意思

我的一生只不过

从一朵花飞过　停驻

再飞过一朵花　再停驻

再飞过一朵花　再停驻

……

就这样啦！精彩？不精彩？

诗，我不知道什么叫诗

你非要我写不可吗？

好像只能写成这样

花！

花——

花：

花，

花……

花；

花、

花？

花。

"请问，你还有什么更详细的自传诗吗？"

有，

马兜铃的叶子（幼虫时期的食物）

+

海檬果花

+

射干花

+

繁星花

+

……

(三) 一个宋代诗人和一只珠光凤蝶在地球上贡献的美是等量的

啊，亲爱的读者，请不要责备我取材如此荒谬，一个宋代诗人和一只珠光凤蝶在地球上所贡献的美感是等量的，它们所带给我们对生命的惊喜和敬畏也算同质。让我们——至少是我——来向珠光凤蝶致敬并致谢吧！

为它的辛勤访花。

为它在吕宋岛或兰屿岛上一朵一朵数点花儿的行程。

为它在阳光下羽翼上变幻莫测的真珠光泽。

为了美。

（二〇一三·六）

"匆——匆——匆溜"啊!

大冠鹫。

大冠鹫是什么?中国文字就有这个好处——鹫,当然就是某种鸟啰!大冠嘛,说白了就是大帽子,帽子既然大,头也就不会太小吧?头不小,身体想来也很大吧?

在台湾,常看到的大型鸟不多,鹤,是稀客,秋天会过境,在某处(鸟会的朋友不准说,说了就是"泄密罪"),灰面鹫也是十月国庆时节的过客,黑冠麻鹭近年来在大安森林公园和"中研院"都会出现,蓝鹊也常站在山路的电线杆上"显摆"一下。至于老鹰(记得小时候常玩"老鹰捉小鸡"的游戏,那时代,每个小孩都知道老鹰是什么样子），则越来越少见了……

在日常生活里，我们能看到的鸟绝大部分只是小小的白头翁（或乌头翁）、麻雀、绿绣眼、乌鹙……

大型鸟生存不易啊！它们需要森林，一大片森林（小麻雀好像一排排站在电线上就能活），一大片活的森林。什么叫活的森林？那是指其间生态丰富，食物充足。"金屋藏娇"的成本还算低，"留着活森林来养鸟"，对一些唯利是图的官员和民代而言，简直是荒唐。

在报纸、广播和电视的广告上，我们都会看到"大冠鹫"三字，有时还会听到它的叫声，看到它的影像，原来是建商在做广告。建商为什么老爱拿大冠鹫做广告呢？他们的意思无非是说：

来呀，来呀，来买我的房子呀！
我的房子盖在有树的地方，
你听，这不就是大冠鹫的叫声吗？
这是别处听不到的呀！

唉，天知道那大冠鹫的声音是建商从哪里偷录来的。而且,就算是当地录的,房子盖好之后,一二百户人类搬来之后,大冠鹫也早就吓跑了!

大冠鹫的叫声特别,雌鸟应该绝对不会听错:

"勿——勿——勿溜——"

我看到大冠鹫则是在南港一块比公园更美丽的地方,名叫202兵工厂,这块地方因六十年来一直是一块封闭型的军事用地,所以没有受到工业、商业和农业的污染。它像一则神话一般活在那里,纯净、高贵、自足。但它被隔邻的"官方豪门"(说白了,就是"中研院"啦!)看上了,想要盖豪第(建筑体是101大楼的三分之一),有"立委"为豪客讲话,说,那地方有什么好,本来就应该拿来盖大楼,那地方,蛇比人多……

啊,他把"蛇比人多"当作一句侮辱的话,其实,这句话说得太外行了,"蛇比人多"才算是一块环保宝地呀!

那天,我在202兵工厂看到大冠鹫的那一天,眼前的羽中贵族张其长翼剪过蓝空(它把翅膀打开时,两边宽度约一点五米),看它鹰扬(唉,"鹰扬"这个词组合得多么好啊!)之姿,想必刚吃过一顿饱餐,吃了什么?想必是蛇或青蛙或老鼠……那是一块活地、活森林、活的浅山区,但人类贪心,这片林地能活多久呢?

在台湾,鹫这个字还跟一个佛教团体有关,那就是"灵鹫山"。他们用这个名字,是因为早先印度有个灵鹫山,释迦牟尼就曾在那座山上说法。而山名灵鹫有两个解释,一说是山石的样子像鸟(如新北市有"莺歌石"),一说是那山上多鹫鸟。如此追溯起来,这种鸟的亲戚倒也很多,多到印度去了。

不过,不管释迦牟尼是不是有一座好山可以依傍,我们台湾如果也有一座大冠鹫山那就太好了,要知道,没有好山好鸟是出不了哲人的呀!

"勿——勿——勿溜——"
亲爱大冠鹫,请留下来吧,不要溜走啊!

(二〇一三·六)

那条通体莹碧、清凉柔润的缅甸翠玉

设若你是保姆,或为人父母,或做人长辈,设若你的左右有几个二三岁的小孩,你会带他们去散步吗?如果你去,路上看到狗,你会说:

"看,狗狗。"

小孩天生爱模仿,于是跟着说:

"狗狗。"

如果你看到鸟,你会说:

"看,小鸟在飞。"

小孩跟着说:

"鸟。飞。"

活泼的孩子甚至会模仿飞翔的动作。

如果你形容了蜗牛，小孩可能只说出牛，你说了野鸭，小孩只说出鸭……

可是，如果你"很幸运"地碰上了蛇——咦？这是什么话？——什么叫"很幸运"，碰上蛇叫"很幸运"吗？

想想看，你有多久没见过蛇了——动物园不算——在都市里，乃至在市郊，在乡村，人类都想办法让生活里看不见蛇。所以，假如偶然见到蛇，真是有点"好运气"。

可是，这种"好运气"不是人人都欢迎的。所以，回到现实，你手牵小孩，蛇却横路前行，那时节也许是初夏，傍晚时分，气候凉爽了一些，它正欣然要去赴约会，可是你却失态大叫："哇！蛇呀！"

你的肌肉绷紧，你拉小孩的手微微沁汗，你口齿也不清了，你的脚步踉跄而颠踬。

这是那个小明（姑且给他个名字）第一次"很幸运地"看到蛇的情节，小明从此怕蛇，甚至怕得要死。

其实，如果换个方式，我们拉住小明，站定，看蛇在蛇行。等它走远了，我们才开讲："小明，刚才那个动物叫作蛇。"

"蛇。"

"它很奇怪,它没有脚,却也会走路,走得还挺快呢!你知道它要去哪里吗?"

"走路。"

"它去找朋友,如果碰到好吃的青蛙或老鼠,它就会停下来吃一吃!"

"吃。"

"它漂亮吗?"

"漂亮。"

"你喜欢蛇吗?"

"喜欢。"

"等下我们回家,在地板上,小明也学蛇走路好吗?"

(有什么不可以,既然他刚才已经学了鸟飞。)

"蛇,走路!哈哈,蛇,走路!"

人类未必天生怕蛇,我们是被教怕的。大人一代代告诉我们,蛇极为可怕。可能因为蛇杀人的方式有两种,一种是用毒牙咬,一种是用全身来缠勒,听来都十分惊悚。但毒蛇本不多,而有毒的蛇也很少乱咬人,它的毒液其实极为珍贵,所以轻易是不肯拿来浪费的。在任何国家，人民死于情杀的都远比死于蛇毒的为多，人类才是更该提防的危险动物。

据说北美的印地安人如果走在山径上碰见蛇，他会闪避一旁，很友善地说：

"蛇兄弟啊，我跟你借个路哦——"

蛇很大方，随他行走。

台湾少数民族也不怕蛇，排湾人尤其喜欢蛇的图案，可惜古代颜料不够多，所以排湾人只能用雕刻来凸显蛇的形体，却不能用色彩来凸显蛇的绚丽。例如青竹丝通体莹碧，简直是清凉柔润的缅甸翠玉。而环纹赤蛇作橘红色，艳艳烈烈如暗夜焰火。雨伞节则黑白历历，像神秘围棋的棋局中缠斗个不完的黑棋子和白棋子。这样奇特的生物，多么值得喝彩呀！台湾的蛇，平均来说，色彩华丽的很不少，相较之下，美国砂碛地带的蛇常是一些不起眼的砂土色。

张爱玲的母亲，用现在的话说，是个设计家。有一次，她刻意收买了好些蛇皮，试想年轻的文艺少女张爱玲看到那些缤纷的色彩和质感是何等讶叹！市场上的蛇皮经过染色往往极为艳丽，后来很多蛇都禁捕了，艳绝的蛇皮产业也凋零多了。我当然反对滥捕蛇（不管为了它的肉或它的皮），但蛇是美丽的，蛇皮也是美丽的，这件事却非常真实。

不过我相信，不管我怎么形容蛇的美丽灵动，大部分的人如果一旦碰上蛇，在郊外，出于不自觉的害怕，大概仍然不可能去好好欣赏它。所以，去动物园看看蛇倒不失为一个好方法，隔着安全的玻璃或网子，不必担心自己遭攻击。静静站着，像看活电影一般观看蛇，倒真是人生一种奇特而美妙的经验。

（二〇一三·六）

×熊？熊×？

走进教室,叶老师说:"我们今天不上课,我们要来做游戏。"

同学有的捧场,一副眉开眼笑跃跃欲试的样子。有一些却懒洋洋的,不太搭理。还有几个更糟,他们口里虽不说,明摆着一副:

"少来,你的游戏不会好玩的啦!搞不好比上课还没趣。"

叶老师也不管,直接宣布游戏规则:

"我们今天的游戏是组词,我宣布一个字,你们就要负责在它前面或后面填一个字——而且,你要说出你组成的这个词是什么意思。好,我来举一个例子,哎,就用'举'字好了。你们可以说'选举'或'举手',但是如果你能说点特别的,那就算赢了。譬如说,你知道'举人'。不过你们说什么你们自己要解释得出来,不能乱说。左边四排算甲组,右边四排算乙组,我要给的这个字是'熊'。第一次我让甲组先,甲组可以选'什么熊',也可以选'熊什么',乙组要跟着,第二次就轮乙组先了。好,现在开始。"

虽然是游戏,因为有比赛,两边各有点紧张起来,有个同学比较现实:

"啊,啊,老师我想先问,有奖品吗?"

"有,不过是什么我先不说。"

"熊猫!"甲组有人抢着说了。

"熊胆。"乙组也跟进。

"嗯,这两个都不错——算平手。现在乙组选。"

"北极熊。"

"维尼熊。"

"嗯,我看还是平手,再来。"

"泰迪熊。"

"哎呀,你们怎么老陷在卡通里。"叶老师提醒。

"熊熊。"

"哇,这个好,前面的熊都是名词,这个'熊熊'是什么词,提供的同学说得出来吗?"

"是形容词,形容烈火。"

"不错,不错,乙组赢了一次。轮到乙组。"

"不对,抗议,'熊熊'到底算'什么熊'还是'熊什么'?"

"抗议无效,熊熊两种都可以算。接着比——"

"熊心豹子胆。"

"这是什么意思?"

"就是说,'你吃了熊心豹子胆了吗?'居然敢这么大胆!"

"熊腰虎背。"

"这指什么?"

"就是说长得很壮很魁梧。"

"好,两个都好,平手。"

"白熊。"

"灰熊。"

"平手。"

"棕熊。"

"黄熊。"

"你们大家来说,哪一个好,为什么?"

"棕熊好,因为根本没有黄色的熊。"

"那,你为什么说黄熊?"叶老师问。

"没什么,凑颜色嘛,大约不会有什么红熊、绿熊、紫熊,黄的比较可能有——"

"唉,可惜——但是为什么可惜,待会再告诉你。这一次算乙组棕熊赢。"

"熊抱。"

"熊掌。"

"嗯,熊抱赢,甲组赢。"

又进行几个回合,叶老师就发奖品了,原来奖品是每人半只玉米,不过居然是热的,她说这食物比糖果健康,她鼓励大家趁热吃了。大家正吃着,叶老师趁机讲评:"其实,黄熊是存在的喔,在神话里,就是大禹的爸爸鲧,他死了,化成黄熊,那个黄应该就是比较浅的咖啡色,不过我最希望你们说出来的其实是'黑熊',不知道你们怎么都忘了,奇怪啊,你们知道北极熊、维尼熊,怎么就不知道台湾黑熊呢?台北木栅动物园里有一只黑熊,大家投票给它取名叫黑糖,它虽然一副又黑又蠢的样子,其实它才不笨呢!"

接着,叶老师又提了一个奇怪的题目,她问:

"黑瞎子岛,你们知道地球上有这么一个地方吗?

它为什么叫这个名字?"

大家面面相觑,有一个平时愣愣的同学举手回答:

"我猜是在非洲,岛上住的是黑人,那个地方是'盲人收容所'——"

"啊哟,你还真有想象力。但,不对,那地方在中俄边界上,在乌苏里江和黑龙江的交汇处,那岛上古时候想必熊多,而当时一般人把熊叫成熊瞎子,或黑瞎子。不过,熊当然并不瞎,而且,注意,那熊也是黑色的,这个岛在一九二九年被苏军强占。到一九九九年中俄会商,到二〇〇八年正式还了一半给中国[1]——还有很多熊的事,下次再讲给你们听——但是最重要的,下次想熊的时候,不要只想中药,不要只想好吃的熊掌,熊的好玩的事有一大堆喔!有机会到动物园好好去看它一眼,它是我们岛上最大最壮的哺乳类了!"

(二〇一三·六)

---

[1] 根据相关史料记载,1929年中东路事件后黑瞎子岛被苏军占领。2001年7月,中俄进行第四次谈判,签署《中俄睦邻友好合作条约》。2004年正式签订《中俄国界东段补充协定》,中国收回半个黑瞎子岛的主权。2008年10月14日,中国和俄罗斯在黑瞎子岛上举行中俄界碑揭牌仪式,黑瞎子岛一半领土回归中国,标志着中俄长达4300多公里的边界线全部确定。——编者注

长舌公·长舌妇

其实,它跟我们很像——而所谓我们,指的是我们全体人类。

跟我们人类的哪一点很像呢?跟我们爱装腔作势、全身披着盔甲的样子很像。像男人亮出他的名车钥匙,像女人亮出她的名牌包包。我们都在努力夸示自己。夸示自己拥有多强大的力量。可是暗夜独泣时(或者,更糟,连哭也哭不出来的时候),我们真的很强吗?

它的名字叫"穿山甲"。

光听这名字就知道,至少它把老中骗倒了,那意思是说:

哇,这家伙厉害极了,它力大无穷,可以穿山而过,而且,它身披盔甲,是个战士哪!

古书上形容它:

> 能陆能水,其鳞坚利如铁……绝有气力,能穿山而行……
>
> 清·屈大均《广东新语》

其实,讲穿了,穿山甲说强也强,说弱也弱。

第一,它听不清、看不明——虽然嗅觉超强。

第二,它没牙,全靠长舌去粘东西来吃,它真是超级"长舌妇"或"长舌公"。这舌头不但长(有二十厘米),而且非常灵动,每分钟可以伸缩八十次,很快就把该吃完的东西吃下。它爱吃的东西是蚂蚁,蚂蚁小,一下子就粘住了(如果想吃蚱蜢,光靠"粘功"是不行的,好在蚱蜢不是它的菜)。

第三,它号称能穿山,其实也不过很会挖洞而已。挖洞的目的一是住,二是找东西吃。除了白蚂蚁、黑蚂蚁,还有蚯蚓、虫蛹,反正,挖到什么都好。但挖功靠的是前趾甲,这些趾甲对付松土还好,真要跟敌人对打,靠趾甲乱抓是没有用的。

第四，真有人要打它（或对它奇怪的身形好奇，想拨弄一下瞧瞧），它老兄就立刻亮出它的"穿山一招"，这一招它用了千年万年了，从来不变——那就是把头尾一缩，团成一个圆球形。由于它浑身披满甲片，这甲片又厚厚亮亮，看来倒很够力——而且，如果母穿山甲带着小穿山甲，它就把小家伙塞裹在球形中间，这在小穿山甲看来，其"安全系数"简直就是"亿载金城"。

第五，穿山甲住的地方，在我们人类看来真是太可怜了。那地方是烂土坑，顶多有几片干树叶作床垫。但此地冬暖夏凉，以致穿山甲简直不能适应住在动物园里的"人境"。穿山甲不会排汗，夏天一热，非生病不可，冬天一冷，又会肺炎……好在后来有企业界捐了冷气，保持了恒温。

第六，穿山甲几乎没有天敌，它的天敌只有一个半。一个，是人类，半个，是近四十年来从家狗变出来的野狗。人类，是想吃它的肉、用它的皮，并且剥它的鳞。野狗，是因为求生不易，饥不择食。麻烦的是，其他动物看到"穿山一招"，摸不着头脑，没耐心，便走了，可是野狗有无穷的耐心，它会一直抓扒，把穿山甲弄得遍体鳞伤，甚至死亡。

至于人类，就有点奇怪了，也许我该缩小范围，说成人类中的华人。华人相信穿山甲的鳞片有药效，这下，穿山甲就倒大霉了。台湾的华人本事又大，居然抓穿山甲来做皮鞋、皮包，全盛时期一年杀六万只，还有人因为外销创佳绩而得到"经济部"的奖状呢！这还不说，台湾穿山甲给杀得差不多了，便去荼毒其他地区，把东南亚一带的穿山甲也一一弄死。

其实，不杀穿山甲，穿山甲在目前"开发第一"的台湾也不会活得很好，因为它跟人类共争一个东西，就是土地。挖掘机走过山坡地的那一天，就是穿山甲的死刑执行日。

近年来，台北木栅动物园常会收到好心民众送来的穿山甲"伤兵"，想来都是由于某山坡在滥垦滥建。例如松山工农的苏老师便曾在"中研院"和202兵工厂之间捡到小小穿山甲而送去给赵荣台研究员，再转动物园养伤野放。目前园里收留了八公十二母，这些"只吃蚂蚁"的家伙也只好任由人类改变食谱。台北木栅动物园在穿山甲食谱上立功不小，（如果照"古早味"，只吃蚂蚁，叫谁去抓那么多蚂蚁来给它们吃呢？）不料声名远播，居然德国动物园都跑来驻园学习呢！

七十年前,日本生物学家就预言穿山甲既如此柔弱,又碰上"无所不吃"的华人(说它有通乳之效,通乳似乎包括通乳汁和隆乳房),其命运是"死定了"。

但愿那位日本人的预言落空——虽然,机会很少。

(二〇一三·六)

除了为小水獭垂泪之外

(一) 拆散别人的家庭

八岁那年,家住台北市中山北路二段,跟动物园很近(它们住三段,在圆山),又加上时当一九四九年,全台北都没什么儿童游乐设施——就算有,我家也玩不起,所以,假日最好的事就是去动物园逛一逛了。

及至人长大了,忽然觉得,不对,动物园是个"黑心集团",他们假求知之名,把动物家族活生生撕裂,例如:从非洲原野上捕来一只长颈鹿,关起来,判它"终生监禁",并且死了还要做成标本。而狮子,则让它学跳火圈来提供市民一些廉价的生活调剂。如果有个店家,其货源不正(虽然"来路很明"),我们好像不该跟他来往。动物园虽不是"贩卖人口",但贩卖"禽口""兽口",其罪也差不多吧?我二十岁以后就不忍心去动物园了。

(二)变成"孤儿收容所"

不过,事态有时又发生变化,到了二十一世纪,人类对"大地之母""侍奉无状"却"不自陨灭",于是"祸延显妣",乃至"祸延兄弟姐妹"。于是,土地死了很多,植物死了很多,动物也死了很多。如果是年老体衰的动物死了倒也罢了,年轻的动物死去则往往留下非常稚龄幼小的孤儿,孤儿娃娃没人哺喂则准死无疑。这时候,动物园竟变成了动物宝宝的孤儿院了。角色影响性格,动物园中的管理人也立刻都变成慈眉善目的好人了(当然啦,也可能是被可爱的动物感化了)。好人做好事,他们竟比修女照顾老人更尽心竭力呢!

(三) 不怕炮战，就怕观光大道

话说二〇一五年，就有一对水獭小孤儿在暗夜中哀哭号叫，其声悲悽。也许由于饿，也许由于冷，或由于母亲久久不归而害怕，它们的哭声幽幽不绝。它们还小，连眼睛都没睁开，一副可怜相，附近居民不忍，于是报了警，相关单位立刻派人来把它们带走了。

这件事发生在哪里？在金门。

在台湾，水獭早就绝了迹。而在对岸厦门，我提到水獭，大家都瞠目结舌以对，仿佛听到上古的麒麟。

"你不该提这个荒谬绝伦的话题！这水獭，是个啥玩意儿呀？"

他们嘴里不说，眼神里却透露这样的回答。

而金门，拜战争之赐——但实际上，在一九五八年之后，近六十年来并没有真正的战争——大自然生态因而不受工商业或农业的侵害，于是保持在绝佳状态。

这一对水獭兄弟很快就安顿了，第二天，它们便给送到了台北市木栅动物园。

它们的娘怎么了？那一夜它为何不归？这不需太多智慧便可推断，都因金门如今跟战争"好像不十分有关"了,于是它成了"观光金门",在开发的大纛之下,辟大路是"必要之恶",但通衢大道,恰好是夜行动物的最佳坟场。可怜,水獭妈妈那天的不归之旅,为的只是到浅海去抓几条小鱼来养小水獭啊!眼睛都还没张开缝儿的小水獭啊!

这样的故事后来又上演了一次,公路上一只母水獭死了,它的女儿也许受了母亲的一挡,虽受伤,却活了下来。当然,它的命运也是送往木栅动物园。

如童话所说,它们从此过着"快乐的日子",或者说,"悲惨的快乐日子"。

(四) 看到美女,鱼给吓跑了!

如果你见到一个绝世美女,你要怎样形容她呢?

答案是,其实美女是无法形容的,美女是上帝造的,语言是人类造的,要用人造的语言来形容天工,是没办法的事。面对美女,人类唯一能做的事便是被动的"惊艳"。

不过在没办法中想办法,古人常用的句子是:"沉鱼落雁之容,闭月羞花之貌。"

这句话说得白些如下:"悠闲优雅的游鱼,从容高飞的鸿雁,看到这样的美女,一个潜到水底不敢露面,一个惊坠地面震撼到不能行动,至于月,也躲在云后不敢出头,花呢,也自惭形秽了。"

不过,以上的句子虽然讲得生动,其实跟原典故(出于《庄子》)比,是错了。因为原来庄子在《齐物篇》里发表的论点完全是贬义(庄子只讲了"沉鱼落雁"),庄子原来的话翻成白话大略如下:

你们都说毛嫱漂亮、骊姬漂亮——哎,那是用人类的眼睛看人类,觉得长成这样美女真是难得啊!但,要是换做鱼的眼睛来看毛嫱、骊姬,他们就会说:"天哪,怪物来了,快逃吧!"而天上的大雁也会吓破了胆。

奇怪的是后世文人不知怎么把"吓跑了"说成因"自惭形秽而跑了"。

（五）用"造动物"剩下来的次货来"造人"

说来有趣，动物看到人的身体，不知是羡慕崇敬，还是可怜同情？

在希腊神话里，有位经常莽撞乱套的天神，他名叫依比米修斯，而他的哥哥叫普罗米修斯，这位大哥是一般人所熟悉的"人类之友"。两兄弟本来一起要负责造人类和动物，可是老二做事离谱，他一家伙把所有的好材料都拿去造动物了，举凡一切华丽、慧黠、机灵、力量、能飞、善泳、能跳、快跑、柔韧、强悍、锐爪、利齿……都差不多全给这位老弟用光了。老大忽然发现自己什么都拿不到，只好用剩下来的"次货"因陋就简草草造了个人。于是，人类就生成一副没鳞没羽没毛没翅的可怜相（中国古代称老虎为大虫，蛇叫长虫，人呢，是裸虫，因为光光一个，啥都没有。这一点，中国和希腊倒真看法一致，不愧东西两大文明），所以跑不快、跳不高。最后普罗米修斯总算当机立断，给了人类两项礼物，一个和人体有关，他让人类直立，如天神一般。因此，可以腾出两条前肢为手臂，也因而可以多做许多事。第二件是从太阳取火给人类使用，人类从此有了超级能源,就不怕动物了。普罗米修斯的取火其实是盗火,犯了天条,他后来为此大吃苦头。不过至今我们才弄明白,天火本来就是不该盗的,地球迟早会毁于火劫,例如核能。

说来希腊人应该是十分懂得人体之美的民族,但奇怪的是希腊神话中,人动不动就会变形,变成人以外的动物或植物。不像中国神话,我们的嫦娥虽然误闯月球,但她并不打算变形。所以她周边另有兔子和桂树,还有蟾蜍,以及伐木的老吴刚。希腊神话里月桂是美女变的,宙斯自己也会变成牛,而库克诺斯(海神的儿子)则在战危之际被父亲救走化作天鹅。希腊人仿佛有一张特别的护照,可以自由在"人国"和"动物国"之间行走。看来,希腊人大概很羡慕做动物。

(六) 华人以为初春时,獭会抓一排鱼来祭天

而动物中能活跃于水陆两界的身体似乎更值得羡慕,其中水獭便是难得的完美好身手!

水獭的身体不但柔若无骨,而且简直像是"液态的骨肉"。人类的舞者是上了台才跳舞,水獭则步步是

舞。它前行，它捉鱼，它侧转，它潜洞，它后退，无一不是舞。看水獭活动五分钟以后，真叫人嫉妒之余恨死了当年的依比米修斯啊！

獭因身体灵便，十分擅长抓鱼——擅长得过了分，难免抓了太多的鱼，所以，抓鱼对獭来说似乎"好玩"比"好吃"的成分还多。抓得太多，它就把鱼排成一行，拨来弄去，古人看了，竟把獭的这项行为说成"獭祭"。（咦？你想起来了吗？有一种日本酒就叫"獭祭"呢！）其实，獭哪里有那么多宗教情操要拿鱼去祭天。中国古书上甚至劝渔人应在水獭举行过"獭祭仪式"之后才来捕鱼。其实这想法也没太错，因为"獭祭"必是春深冰化众鱼渐多的时候，这时候渔人才下手捉鱼比较合理。

——不过水獭如果真懂得要祭天的话，应该别忘了先祭一祭依比米修斯，因为他实在给了水獭太多太多人类想都不敢想的好材料啊！

(七) 哭声未止，我却立刻又想哭了

好，我们再来看看那些从金门沦落到台北木栅动物

园的绝美生物的下场吧!

起先,管理员拿奶瓶喂它们,后来是切碎的鱼肉,再后来,是小活鱼。为了怕它们不会抓鱼,只好把活鱼放在透明的有小孔的塑料浮球中,水獭一挤,就可吃到。而根据长期的解剖资料,水獭的食物其实也包括青蛙。

于是,管理员就拿来一道活跳跳的虎皮蛙给三只小水獭吃。但小水獭离开母亲太早,来不及完成它们的"家庭教育",缺乏水獭族的"绝技训练"。所以,三个家伙都不认为这玩意儿是可吃的食物,当然也想不出如何下手。其中一个胆子特别小的,竟然吓得转身就火速逃跑了。

以上的故事,是有个环保朋友在电话中告诉我的,我乍听之下忍不住哈哈大笑,因为想象中的画面诡异且令人发噱,一只长近一米的水獭,竟然被一只小孩巴掌大的小蛙儿吓倒,并且落荒而逃。但笑声未止,我却立刻又想哭了,只好暂时拼命忍住眼泪。好在,电话中,说故事的朋友不致看到我古怪的超快速的哭笑变脸术。

为什么想哭呢?是因为感伤,感伤小水獭因失恃,缺乏母亲的教诲和示范,竟然不知虎皮蛙虽然身手矫健,目光炯炯,但它其实不可怕。身为水獭,几千几万几十万年都懂得靠"家传本事"吃蛙类。蛙类,是这三只欧亚种的水獭绝对有本事可以吃得下去的营养品!

但它如今竟然见蛙如见鬼魅,吓得赶紧拔腿逃命——我因而想起全世界各地的华人小孩。他们由于种种原因,跟传统文化远远隔绝,有如海阻山挡。如果你叫他们解一句古诗,他们会吓到骨头发颤,恨不得有地缝可钻。你强迫他去看一场两小时的评剧,他觉得其辛苦的程度远超过到麦当劳去打工八小时。

这些华人小孩害怕传统文化,亦如小水獭对虎皮蛙的惊骇,可说怕得毫无道理。对于美味且营养的文化,他们唯一的反应竟是:

"快呀!咱们快逃命呀!这是个什么恐怖的怪玩意儿呀!"

除了为小水獭落泪,连带地,也为处境有如小水獭的下一代的华人小孩落泪,该说什么呢?只有嘿(读作墨)然无语。

(二〇一七·八)

你看过石虎吗？

从小，他跟着父母漫游天下，几乎没有一个寒暑假他不出去。他一会儿在澳洲看小企鹅，一会儿去非洲看红鹤，一会儿又跑到东北的扎龙去看丹顶鹤，至于去阿拉斯加搭游轮，则是为了看海上鲸豚……

可是，我跟他提起石虎，他却愕然，不知我说些什么。

"唉！我早就料到你没见过石虎。不过，我没料到你连听也没听过。这不怪你，怪我们和我们的上一代，是我们无知，才把它们赶尽杀绝，才害得你们不知不闻。说来，它很可爱，长得像更大更野的猫！一双眼睛贼亮贼亮的。"

"哇,那一定漂亮到不行!它们都住在哪里?哦!我是说,从前——"

"它们,它们哪里都住,可是我们住在台湾的人一直在破坏它们的栖地,所以,现在很难看到了。我还碰到一位想开发土地的'立法'委员,他说:'环保团体在叫什么保护石虎、保护石虎,我怎么就没见过什么石虎!哪有石虎!'"

"那,"年轻人说,"我要去哪里看石虎?"

"暂时只好在动物园里了,希望经过保育团体的努力复育,将来在野外也能看到。"

"那么,阿姨,你自己看过石虎吗?"

"有,说来你大概不信。一九六〇年的青年节,我走在乌来的山路上,路的左边是山,山腰上有个小山洞,有一只石虎就坐在洞口,目光炯炯朝外看。它看见了我,我也看见了它。我不觉害怕,它也不害怕。然后,我就走远了。

"那一天,是我十九岁的生日,从外双溪跑去乌来山行,算是我当时的壮游,半个世纪后的今天,我仍然记得那只石虎跟我隔着一百米的无忮无求的眼神——高贵淡定,直直撼动人类的魂魄。那时候我其实不知道它是谁,是事后查书才知道的。它虽然长得像猫,但那硬铮铮的耳朵和强硕的体形,一看就知道不是家猫。

"现在,我终于明白,那天,一九六〇年的春天,上帝自己送给我一项生日礼物,他让我这个都市孩子看到了一只台湾石虎!这之后,我就再没有看过第二只,现在回想,真觉是上帝的宠惠。

"我也终于明白,那只石虎,它借眼神跟我说了以下的话:

"我们石虎,也许大劫在前。在台湾——这个贪婪之岛,我们会濒临绝种。年轻的你啊,你既然看过我,你既然与我眼神一度交会,你愿意将来有朝一日为我们的子孙说几句话吗?对,你们可能认为我们是坏分子,我们喜欢偷吃你们养的鸡,但我们也吃老鼠啊!老鼠如果猖獗,你们哪有粮食可存?我们'罪不至死'吧?你们的祈祷文中不是有这样的话吗:

"'上帝啊!请不要追究我的罪债——如同我不追究别人的罪债。'

"不要再逼我们了!给我们一点山林,给我们一点栖地。不要以为'开发'是神,不要以为炒热地价是好事。能为大地留下一点空白,其实不但对我们好,对你们自己也是好得无比的事啊!"

"我懂了,"我的年轻朋友说,"我会去动物园看看石虎。"

唉,他,那个在台北市长大的孩子,他真的弄懂了我在说什么吗?

(二〇一三·六)

写给云新

云新,亲爱的云新:

写下你的名字,令我心恻恻生疼。

"云",本也算是华人的姓氏,但人家让你姓云,却有一段曲折的故事:

话说一切活着的生物,常以为命运就掌握在自己手上,其实却未必。你之所以身在台湾,主要是落入不幸的命运,你遭捕了(遭捕是你不能意料的),遭捕,在什么地方?好像是东南亚。人家为什么捕你?(你当然也不懂。)想来是因为你"珍贵"。"珍贵"又是什么意思?说白了就是"值钱"。你为什么"可以卖很多钱"?因为你快"绝种"了(钱?卖?绝种?这些都不是你能明白或掌控的)。于是,你便给装在铁笼里,铁笼又装在货柜里,货柜又装上海船,就这样,你到了台湾。

这是什么人做的坏事?没有人知道,货柜里常夹带一些奇奇怪怪的东西。例如蟒蛇,例如毒品,例如艳色的鸟、红毛猩猩,甚至是人。海关缉查的人员常常给吓一跳。

二〇〇一年,海关关员就被你惊惧无助的眼神吓到!天哪,一只活物,一只小豹,一只台湾本身绝了种的云豹!

按照我们的海关条例,你是可以拿去烧死的,因为你是"非法入境的违禁品"。啊,混乱的世界,什么事不可以发生?烧死一只云豹算什么?用生化的方法杀人的事在七十年前日本人在中国做过,如今叙利亚仍在做,那些非法入境的活物或死物,我们一律拿去烧。

而你没有遭焚,海关一念之仁把你交给了台北木栅动物园。从此,开始了你的寄居岁月。

像我们这里的某个族群,他们自称"客家人",你也是,你是"客家云豹"。为了便于记忆,他们给你取了个名字叫"云新",你是全新的一只云豹,在台湾没有了云豹的情况下[1]，你是代替品，让我们可以遥想台湾百年前的玉山或大武山头的云豹的英姿。

也许有点像从越南或印度尼西亚来的新娘，麻烦的是，你连新郎也没有。台湾真的没有云豹了吗？不要问研究人员，这是他们心头最大最大的痛，他们会结结巴巴地回答说："唉，很多年没有在野外看到云豹或云豹的痕迹了！"

只是他们不太愿意松口把话讲白了："没有了，云豹在台湾，早死绝了。"

那句话太残忍，他们说不出口。

其实，你刚来时，园里还有一只"云乖"，你本可做它的外籍新娘。但房事哪能那么容易对盘，云乖比较老，你们终于琴瑟未谐。云乖一九九六年十二月二十四日入园，二〇一〇年四月六日辞世，它是台湾一般人所见到的最后一只云豹。而你，云新，至今也无法有子嗣了，我们眼睁睁地看着你们的族群凋零灭绝。

---

[1] 其实2013年有个宣布，说台湾云豹没了。可是连我也不肯痛快承认，总想着，也许在研究人员脚程没去到的某个隐秘处，还藏着一户命大的仍在生活着的云豹家庭……

曾经，云豹是鲁凯人当作半个神明来敬奉的，只因为当年鲁凯人西迁的时候，老鹰在天上飞，云豹在地上跑，两者联手，来指示他们西迁的路线。迁移，一向是族群大事，《尚书》里面曾慎重其事地记录三千五百年前的"盘庚迁殷"的本末。而鲁凯人只凭记忆，感恩为他们导路的天上地下的朋友，所以，鲁凯人严禁猎杀鹰和云豹。

可是，云新啊！你们的亲戚台湾云豹还是渐渐消失了。

云豹之死，和其他在十九、二十世纪消逝的生物其理由是一样的。其一是大量捕杀它们，其二是占据了或破坏了它们的家园，不给它们留半片栖息地。

而今，云新，台湾云豹的表妹，你也有点老了，有时皮肤有点毛病，关节也开始退化了。豹类一般只活二十年左右，你已十三岁了，你已中年，你走后，我们去哪里重温云豹的音容呢？[1]

啊，云新，云新，你和台湾之间这段说不清的因

---

[1] 云新于2018年11月，因老化导致多重器官衰竭辞世，享年十八岁。目前台北木栅动物园的云豹Suki，是2016年底从德国来台的。

缘,使我们可以有机会认识云线之上的矫健和美丽——对于这终将消失的幸运,我在自庆之余不免有其大悲恸啊!

　　　　　　　　　　　　　　　(二〇一三·六)

台湾奇迹

(一) 那条溯游的路,它们从来都不会走错

海水沁凉。

它,和大伙儿一起,在静默无声中寂然前行,如夜行军时衔枚疾走的兵——不过,我说错了,那时候还没有行军,也没有战争,因为,根本还没有人类。啊,那真是很久很久以前的事了。那时候,是冰河纪,那地点是太平洋,而它,是一只熟龄母鲑鱼,优雅灵动,似一只饱满的银色梭子,穿纺在无边的蓝波中。和它同泳的,还有几只公鲑鱼。在这种求偶季节,它们的背上泛着红光,美艳激情,却也隐含死亡的倒钩。每一只凶猛

饥饿的大鱼因而更容易找到它们，但它们的背部持续无畏地红着，向母鱼红着。被大鱼吃，是死，但如果没有因母鱼而得到子嗣，也等于是死，它们宁可美丽耀眼，身处险境，也要让母鱼注意到它们。

曾经，它们生活在更北方的海，但那里太冷，它们遂一路向南取暖。而此时此刻，一切正好，北温带，食物丰富，虾类让它们营养充足，体肤因而光莹秀美。这些天，母鱼纷纷怀着卵，它们要出发了，它们要去遥远的溪河产卵去了，两年前的春天，它们都是从那条溪水里游过来的，而八十万年后我们人类叫那条溪为兰阳溪。

那些红亮的公鱼注定跟着。等母鱼小心地铺好溪底砂砾如床褥，并且产好琥珀珠子似的小圆卵，它们便虔敬地去喷洒精液，好让卵粒能受孕。

可是，一百个卵大概只能存活两个，因为有路过的其他的鱼会来吃。

多么奢华的投资，百分之二的获利！可是，值得了。这次旅行是它们成年后第一次回乡，而且，照例，它们也就不回来了。精卵一旦契合，父母便从容谢幕，在异域，在遥远的一条小溪里以身相殉。至于它们美味的肉，熊想吃、鸟想吃，或大鱼小鱼想吃，都请便。

那条路，它们不会走错，小时候走过，从溪到海，从来没走过的路——但，就是不会走错，族群中每只鱼都知道该怎么走。可是如果你要问为什么，没有一只鱼知道如何回答。现在，在它们的熟年，它们往回走，从海回到溪，每只鱼仍然不会走错。母鱼更厉害，它们满肚子卵，却一无所惧，一路夷然前行。

可是，它们却没料到，这是它们最后一次溯游了。虽然，它们本来就没打算回头，可是却没料到连它们的新生儿也回不了大海了。

(二) 咦？路不通了

试想八十万年前，一队小鲑鱼娃娃，在出生一年后，兴冲冲地踏上"归海之路"——忽然，咦？路不通了。

路不通？什么时候恢复？没人说起，只知道，大地的板块变了，溪河出口不见了，一队鲑鱼娃娃愣在那里不知道该怎么办……

(三) 怎么办？

怎么办？

不怎么办。

日子还是要过下去的，虽然，在鲑鱼的世界里，大海本是一定要回的。只是，并不是它们不回，而是水阻路断，归海的路自己凭空消失了！

(四) 八十万年前的事了

有学者近年研究，说大甲溪夺了兰阳溪，鲑鱼当年是沿此溪而上，到了大甲溪上游的七家湾溪、有胜溪、司界兰溪、南湖溪、合欢溪……不过，这一切都不重要了，重要的是，族群要活下去，而且，它们也真的活下来了。

溪水清凉，石蝇、石蚕、蜉蝣……皆可一饱。

对，碰上了万古乾坤从来没有发生过的怪事，好好的地块居然大挪移，但日子总要过下去。于是，它们就在这里留下来了，这一留，岁月悠悠，八十万年居然也就一瞬而过。

(五)"鱼类权威"的校长拿这事当笑话看

民国六年,一九一七年,接近一百年前,日本的"波丽士大人"(警察的英文译音)津崎友松向一位青木纠雄谈起一个话题,青木是当时台湾总督府的技手,津崎则是宜兰四季社的驻警:

"这里的泰雅番人,他们常捉到一种鳟鱼,看起来和吃起来都和我们的日本北方的樱花鳟很像哦——"

口说无凭,但青木纠雄那年十月居然收到一尾咸鲑鱼包裹,是一尾挖了肚肠的雄鱼。青木立刻向在美国研究生物的年轻学者大岛正满报告(他是正满的助理),正满当时人在斯坦福大学,这所学校的第一位校长戴维·乔登恰巧正是鱼类专家,不过他却用轻松的玩笑来调侃这位来自中国台湾的日本东京大学毕业的年轻学者:

"哎哟,你说是盐腌的鲑鱼?(一百年前,难不成有冷冻空配?)搞不好是日本官方犒赏高山驻警(的确辛苦,一不小心,会遭'赛德克巴莱们'砍头的),派挑夫挑上山,不小心掉在溪涧里,又给捞起的(那鱼无内脏无头,实在有点怪)。"

校长在上，正满也不知要说什么，可是，翌年（一九一八），正满学成返台，看到标本的正身，他便有了发言权了！八十万年过去，台湾鳟的身世之谜第一次惊动世人。

一战过去了，二战也过去了，（不过三十年嘛，跟八十万年比，算什么！）时变境迁，鲑鱼定下了新名，新名叫"樱花钩吻鲑"，也叫"台湾鳟"。相较于大部分的在溪海的咸水与淡水之间洄游的鲑鱼，它是极为罕见的陆封型鲑鱼[1]。二十世纪末叶，它们活得不太好，因为人类乱筑水坝，溪鱼几乎变成池鱼，它们一度少到只剩二百条，后来，毅然拆了拦沙坝，才算还它们一线生机。今年，总算恢复为五千多条——只是几场台风，又折损不少，寄望下个繁殖季它们能补回元气。

台湾奇迹，与其说是指人类在没资源的条件下赚了大钱，不如说，指鲑鱼在无路的绝境中仍能绵延永续所象征的生命韧力吧？

（二〇一三·六）

---

1. 不去大海，始终只在溪水中生存，这种陆封型鲑鱼很少见，但除了台湾，欧洲也有类同的故事。

后记

舍不得不手写汉字的人

(一) 舍不得不手写汉字的人

现在,很少人"写文章"了,绝大部分的作者都是"打文章"。朋友中,剩下席慕蓉和隐地,还和我一样,愣愣地紧握着一支笔。以前还有余光中,后来,他提早离席了,令人不胜怀念。

我是"握笔派",有人问我为何食古不化?我会告诉他——为了编辑,我会找人再代打一次——但我自己,是一个注定"舍不得不手写汉字"的人。

（二）孔子没提的年龄

孔子说了些有关年龄的格言，说得挺不错的，从三十到七十都一一说了。但他却漏了八十、九十和一百——他大概不认为那是人类该有的正常年龄吧？所以他也想不出，人活到八十岁该是个什么样子，因此，干脆就不提了。他自己后来只活到七十二岁，但已算那时代的长寿之人。

一九四五年，台湾从日本政府归还给中国政府。那时候，国民平均年龄居然不到四十岁。可能，也怪战祸，当时连十四五岁的小孩都要上战场，远赴滇缅或菲律宾、印度尼西亚一带赴死，平均年龄怎么能高呢？再加上食物和医药都不足，想不短命也难。而现在，男女的平均年龄都超过八十了。

华人最长寿的三个城市是香港、台北和上海。

而我今年八十一岁了，我该怎么活？孔子既没下指导棋，咱家就自己来琢磨琢磨吧！

（三）他没听懂我的话

我问我自己一句话：

"我，会不会老啊？"

但，这句话如果转去问朋友，他一定"很努力地骗我"："不会不会，你不会老！"

哈！他错了，他根本没听懂我的话。

"会"字有很多意思，他以为我的问题是："老化，这件事，会不会发生在我身上？"

"会不会"在上面这句话里，指"可能不可能"或"有没有这个可能性"。

嘻嘻！世人皆老，我独不老——难道我是妖怪吗？

其实那不是我的意思——我说的"会"，不是指"可能"，而是指"能力"。例如他"会"赚钱，他"会"协调，她"会"弹钢琴，她"很会"省钱，或者，听说你"很会"做菜。

我说"会不会老"，指的便是，有没有这个"能力"，这个"本事"，这个"厉害"，或云"擅长于"。请问你"会"去跟"老"周旋，"会"跟"老"切磋，"会"跟"老"混个"小赚不赔"，"会"跟"老"和平共存,"会"让"老"拿你有点没辙吗?

我真得好好学,学到"会"——让自己"很会老","很擅长于老"。

(四)法宝

对我而言,法宝之一,是"阅读"。法宝之二,是"书写"。其他的,就如武术,每门每派各有其心法和绝招。

(五)不管别人是"不屑"或"懒得动笔"

但,说到写,写什么呢?

我想写点"别人"不写的,不管别人是因"不屑"或"没能力"或"没想到"或"没时间"或"懒得动笔"……总之,我捡拾别人不要的话题,或是"政治不正确"的古典文学,加上对大自然保护的呼吁。

（六）咬牙答应的事

香港《明报月刊》的专栏跟我邀稿，我"咬牙"答应了。因为深知自己本性懒惰，月月有人催稿，虽是苦事一桩，但也是多么幸福的痛苦啊！

（七）幽默，是金钟罩

所以，现在，你手上就有了这本书。这是我写作生涯中的"倒数"第几本书？我不知道，但我知道幽默感是年纪大的人必不可少的"金钟罩"。所以不管多严肃的事，尽量都用"幽默法"来出手。林语堂当年提倡"幽默"，居然遭左派骂到臭头。唉！大师也真是生不逢辰，殊不知，要幽默，也要有那个背景和环境。人生必须老到一个程度，历练到一个程度，整个社会也要成熟到一个程度，才知道幽默感之必不可少。

（八）过着自备牢房、自备牢饭的隔离日子

此刻，二〇二二年初夏，疫情正炽，我此时也身在

劫中,过着自备牢房、自吃牢饭的隔离日子。但是,说到"牢房",这地球加外层空间,也无非是一处"稍大的牢房"罢了。"自由"其实是另外一个东西,跟空间不一定有关,要用别的方法营求。所以,还好啦,病虽难躲,大家就躲在彼此的殷殷祝福里吧!

"祝福"二字有人以为是名词,其实不是,"祝福"是"动词"加"名词",意思是"我来为你祝祷一份幸福"吧!

我此刻的心情也是如此,祝求上天,给你一份福,也,给我一份福。并且,给普世之人,人人皆有一份福。也不必多,点水之恩,让我们能以侥幸地,如过独木桥一般地,小心慎重地行过今天,和,明天。

(九)夹在多重精彩之间

书的封面折口有幅画像,是好友慕蓉画的,许多年前的事了,那可能是本书最精彩的部分吧?同样最精彩的,则是封面和书背上台静农老师的题字了。以老师的旧墨来濡我的新书,当年麝味的墨香仿佛犹能穿纸而出呢!而径芜,他做的是"整合化一"的工作,一般人不容易看出他的贡献，其实是很费心的苦活。至于夹在这多重精彩之间的拙作，你就用包容的心来点收吧！

（十）附加一句

最后，附加一句，我要郑重地谢谢我的助理志淑，十多年来没有她，我一定活得很狼狈。她的细腻和认真，助我良多。

二〇二二·五·二十六凌晨二时